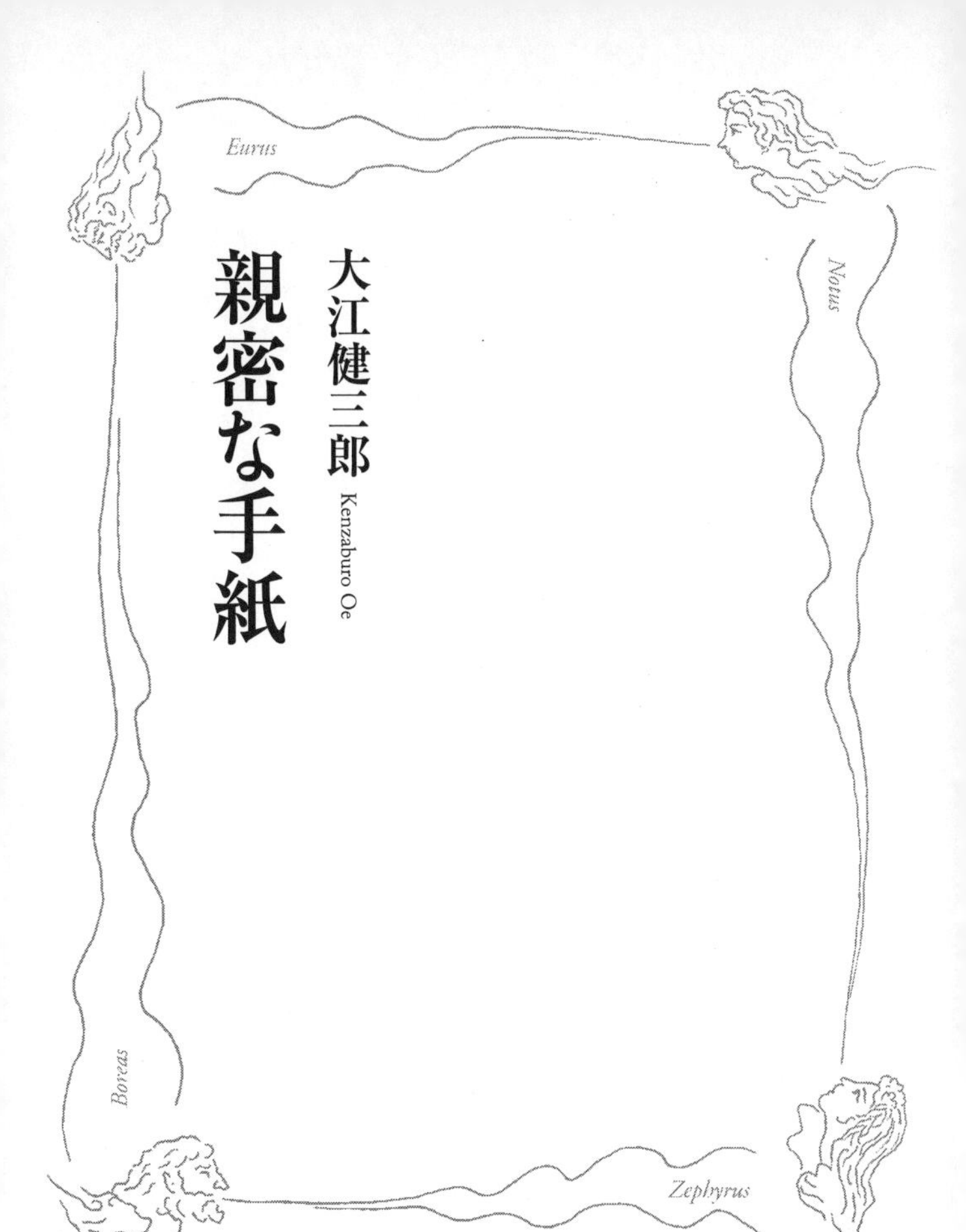

親密な手紙

大江健三郎
Kenzaburo Oe

岩波新書
1993

目次

一章 ……… 1

一章

不思議な少年

若い時から、私は自分に何か書きうるなら散文だと考えていて、詩を書いてみることはほとんどなかった。数篇の詩と、さらに少ない数の短歌と俳句を作ったのみで、奇妙なことにいまもそれらすべてを紙に書くことができる。

それでいて、生活の習慣にしている読書カードに、詩のようなものを書き付けることがあり、本を貸した友人が見つけて同人誌に載せようとした。私は印刷所まで出向いて、取り返した。

私がカードに書き付けていたのは、読んだ本からの引用であったのである。ただ、そうしながらちょっとした物語の仕掛けを作ることがあった。カードに、引用する文章にはしっかり傍点を打って、その上で勝手に行分けして、つながりを良くするための数行を加え、清書して、タイトルまで付けている……

いまも書棚にある特別な本には、カードが挟み込んだままだから、ひとつ取り出してみることにする。「不思議な少年」。

かれがぼくの感情に希望をあたえる。
人間たろうとするぼくの決意に、
特殊な逞しさをあたえる。
ぼくの肉体的生命は、
緊張をもたらされている。
かれはぼくの前に、
突如、

親密な手紙として、
立っている。

かれと私が擬人法で呼んでいるのは、一冊の本のこと。傍点してある引用の文章が定義しているとおりに、想像力の働きを生き生きと励ましてくれる作品のこと。フランスの哲学者ガストン・バシュラールが『空と夢』（宇佐見英治訳、法政大学出版局）にこのように書いている。

その本を読んだ時、私はもうすでに小説家として生きていたが、実際に私はカードに書いた通りの「不思議な少年」が、十五年前に自分の転校して行った地方の小都市の高校で待っていて、文学、音楽、絵画について、ほかならぬ想像力を自分に呼び覚ましてくれた日々を、まざまざと想起していたのだった。

少年は、後に映画監督として数かずの記憶される仕事をした伊丹十三で、あるフランス文学者の名を私に教え、その人が教師をしていられる大学に進めといった。ところがかれ自身は、おとなしく受験勉強をするような性格ではなかったから、私はひとり東京の大学の教室に坐ることになった。そしてそこからただ小説を書く人生を歩むことになり、先生の没年を過ぎても当の「晩年の仕事（レイト・ワーク）」を続けている。

その道筋を振り返ると、私は入り込んでしまう窮境（きゅうきょう）を自分に乗り超えさせてくれる「親密な手紙」を、確かに書物にこそ見出して来たのだった。

困難な時のための(ディフィカルト・タイムズ)

十七年前、カリフォルニアの大学でのシンポジウム最終日、発表した報告の原稿を整理していると、颯爽たる壮年の男が近付いて、——それを自分の編集する雑誌にもらいたい、といった。私は承知して、コピイを取るために事務局へ同行したが、作業を手伝ってもらううち、かれがコロンビア大学から参加しているエドワード・W・サイードだと気付いた。

会期中、議論が終れば宿舎で本を読むだけの私は、参加者の著作を売っているコーナーでかれの新著"Culture and Imperialism"を手に入れて読みつつあった。サイードは寛大に私の感想を聞いてくれた。まったく同い年の私らは友人になった。

やはり大学の催しで会うことが重なっていたが、ある年ニューヨークに着くと、共通の知人の文化界で知られている女性から、かれが白血病を発見されて入院していると知らされた。その退院を待って高層ビルの最上階の自宅に作った「サイード・ルーム」で小宴を開くという。私は喜んで招待に応じた。サイードの談論はあい変らずだったが、別れの握手の弱よわしさは胸をつかれるほどだった。"I fight!"という声音も。しかし、いかに見事にかれが苦しい闘いを続けたかは、誰もが知る……

数年たった年の初め、「ニューヨーク・タイムズ」できみの義兄、永年の友であったという映画監督が自死をとげた、という記事を読んだ、と手書きしてあるサイードのファクスが届いた。

《きみがこのところ経験している困難な時(ディフィカルト・タイムズ)について知ったところだ。そして私はきみに通信を書いて、私の連帯の思いと友情(アフェクション)とを表現しようと考えた。きみはとても強い人間で、感受性のある男(センシティヴ・ワン)だ。そこで、それを克服することになると確信し

ている。》

これは私の知るかぎり、私らの世代には戦後派作家として多様に教育的な役割を果たされた堀田善衞さんの造語だが、「優情」にみちたこの励ましに私は返事を書かなかった。私はまさに困難な時を、死んだ友人の妹である妻としいのがねばならなかったから。私は人生の時を重ねて、若かった折のように、自分を弱い性格とも強いそれだとも感じることはない。しかし、感受性の豊かであるなしは、どちらにしても諸刃（もろは）の剣だと知っているのでもあった。

それからまた時がたち、決して覚悟していなかったのではないかれの死がそれでも突発事に伝えられた時、私は自分が勇気を出して、サイードのくれたファクスの言葉をそのまま写し、（いかにそれが私に力をあたえたかを、いまは素直に思う、と）かれの病床に向けて伝えなかったのを、悔いることになった。私はかれの affection という英単語を自分の日本語にどのように置きかえれば、サイードの気風にふさわしい文体になるかを思いあぐねて、ファクスの原文のままずっと机の前にピンでとめて来た。

かれの遺著『晩年のスタイル』(岩波書店)を今年も新年の読書として再読したが、あらためてそれを(すでに身近に迫っている)新しい困難な時への準備として読んでいると感じた。

感受性のある個性

長篇小説『水死』最終稿の方向付けが定まってから、私は編集者の友人に個人的な頼みごとをした。個人的なというのは、今は「アマゾン」をつうじて海外の新刊についても世話になる本探しの一部だが、この小説に参照することはないとわかっている数冊であったから。そのうちの三冊が四〇年代と六〇年代の本だが、ダストカヴァーもめざましい色合いで届き、私は『水死』完成後ゆっくり読む楽しみに取っておいた。

C. Day Lewis の"A Hope for Poetry"と、Richard Hoggart による"Auden: An Introductory Essay"――私は二十歳で深瀬基寛著『エリオット』と『オーデン詩集』

に夢中になった。それ以来、とくにT・S・エリオットとの縁が続いて来たのは、『水死』にもあきらかだ。

そもそもの始めはオーデンの影はあからさまにそのめざましい言葉のキラメキによっていて、幾つかの初期の短篇のタイトルとして深瀬訳の詩行を借りている。むしろそれのみだったように記憶してきたが、今度まざまざと気が付くのは、小説の細部を超えて広く深く、自分の若い年代の感受性が、オーデンに影響づけられていることだ。詩行の難解さに、半ば拒否されつつ魅惑されていた……

ここではただ簡単な事実を示すのみだが、私が友人に探索を頼んだのは、すべて深瀬氏が『オーデン詩集』の評解の参考にしたと示していられる書目なのである。筑摩書房版の刊本に転載されていた懐かしい詩人のポートレートは、ホガートの本で当然ながらずっと鮮明だった。そしてそれに続く序文から、私はただちに二十歳の自分を引きつけた原理を読みとった。

《詩はわれわれを、文学の他の形式では不可能な近さにまで、書き手が探検し、そ

の経験を秩序づけようと試みる、感受性のある個性（センシティヴ・パーソナリティー）に接触させる。》

私は先にエドワード・サイードの私信から一節を引用した。《きみはとても強い人間で、感受性のある男（センシティヴ・ワン）だ。》それが届いた時、私は自分が差しかかった中年のもっともハードな難局というほかないものに直面していて、そこに示されている感情にあまり揺り動かされないよう、受け取めを保留した。いまそれを青年時の読書の経験とつなぐことでスッキリ理解できる。

若い私は、鋭く強く、広い方向へと鍛えてくれる一九三〇年代の新しい英国詩人たちに(日本人の読者として、それも二十年の時差を置いてではあるが)、それもかれらの感受性にみちた個性に、確かに直接接した。そこから私が教育された名残りのものを、まったく同年代のサイードがかれの体験と並べて共感してくれていたこともありうるではないか。

私はこれらの本を読み終えた後、自分の書き込みのいちめんにあるオーデン短詩と長詩のペーパーバックスを取り出すと、懐かしい再読をいざなわれるどころか、四十年前の悪戦苦闘を繰り返していた。それへの誘いは抵抗しがたかった。若年と老年の読書には直接の通路が開く。

ブクブク

吉田秀和先生から、武満徹さんの懐かしい楽譜をいただいた。『こどものためのピアノ小品とロマンス』。いま現在の、きみの息子さんの音楽への関心がどの方向にあるかは知らないのだけれど、と注意深く添え書きしてくださってもいたが、光はすぐさま熱中した。かれの楽譜を読む仕方が、外国語の詩の再読に夢中になっている私に似ている、と家人がいうことがあった。二人とも記憶にあるものを頭のなかで音に(声に)し、いまの自分の受けとめをそれと重ね合わせて読む。

私の方は詩のテキストが対象だが、光の方はもとより音楽が中心にあるとしても、それに呼びさまされての内面の運動は自由に広がってゆくものなのらしい。以前これとはまた別に、自分が現実に聴いたN響の、海外からの指揮者による演奏の、時を置いてCDに発売されたものを聴いて、ずっと沈黙していた後で、歳月をへた分別を表わすふうに、――あのころは、面白かった！と静かにいって、家人と私を粛然とさせたことがあった。

七九年秋から八〇年春にかけてのNHKの「ピアノのおけいこ」のなかで、もちろん若者のままだった井上直幸さんが武満さんに委嘱された曲を弾かれた。いま光は淡い黄色の大きい楽譜をひろげて(自分ひとりではピアノにふれることはない)、それをよみがえらせているのである。ある時間が過ぎてから、かれは武満さんの小品のうち「1 微風」が、ドビュッシーの『子供の領分』の「ゴリウォーグのケークウォーク」のリズムと同じだと、後者のCDをかけて教えてくれた。

それはこのところのレッスンで、かれのピアノと作曲の先生がリズムの分析に重きを置いていられるからで、光としてはただ懐かしい時のなかへとワープしていただけじゃなく、ただいまの立ち位置にあって気がついていることもあるわけなのだ。年少者へ向けての番組のための作曲に『子供の領分』を引用する武満さんの生真面目さとユーモアに、またそれを三十年も楽しいものとして覚えていた息子に、私は心を揺さぶられる。

ほとんど同じくらい永い間、私ら親子が儀式ともゲームともつかぬものとして共有している習慣がある。私がまだ若かったが義歯を造らねばならなくなり、眠る前、薬剤を一粒いれたコップに漬けることにした時、光が泡立つ薄い青の溶液を飲みそうになった。そこで私は、光が見ているところで、それが飲みものではない、とブクブク音をたてて手続きをやってみせることにした。

深夜まで起きていて、こちらの不注意からコップに義歯を入れたまま薬剤を忘れている私に替って、真夜中トイレに起きた光がそれをすることがある。すぐ気づいた私が、――ブクブクをやられた！　と声をあげると、寝室から笑い声が聞こえる。光としては何より父親の擬音語による嘆きが面白いのらしい……

武満さんは私の作品のごく初期からの読者だったが、私の幾つもの長篇を読んでくれながら、『空の怪物アグイー』が一番好きだと家人にいわれたそうだ。幼なくて喪なわれた子供が、カンガルーをくるめるほどの大きさの寝巻で空中を浮遊する話。楽譜を読み続ける光の脇で、私も久しぶりにこの短篇を読んだ。

本当のこと

「一〇〇年インタヴュー」というテレビ企画の(私も井上ひさしさんのものを深く印象にきざまれていたけれど)自分が対象とならないかという手紙を受け取って、グロテスクな冗談を持ち込まれた気がした。いまから百年後にどういうかたちで再生されるものか、と空想したのが夢にまで現れることになった。しかし近・現代の百年を視野に入れて話をする・聴いてもらう意図だという再度の手紙で引き受けていた。

撮影が行なわれ、放映されるのこそ見なかったが、編集されたＤＶＤを、深夜ひとりで見ていると、番組を分節化してゆく一端として、「本当のことを云おうか」というテロップが出て、あれは引用なんだが、とウシロメタイ思いがした。谷川俊太郎さんの見事な詩集『鳥羽』からの一行。

本当のことを云おうか

それを私の小説の中心的な章にかかげて『万延元年のフットボール』を出した時、――ダンプカーに追突されたようだ、と当の詩人に笑いながらいわれて、こちらも笑ったけれど、その後思い出すたび、あのいかにも都会人らしい軽快さのアイロニーには、にがい味がふくまれていたはず、と考えることになった……

小説が翻訳されると、英訳では"Truth unspeakable"と意訳されていたが、仏訳ではこの国の言葉の小説のいかにも「親密な手紙」の響きが聞こえるような"Veux-tu que je dise la vérité?"だった。

小説では、学生運動の活動家だったが、「転向」した弟と、やがて作家になろうとしているのらしい兄とが、こもごも次のようにいう。若い時の作品として、不穏当な表現と感じるところはあるが、そのまま引用しておきたい。
《おれは、ひとりの人間が、それをいってしまうと、他人に殺されるか、自殺するか、気が狂って見るに耐えない反・人間的な怪物になってしまうか、そのいずれかを選ぶしかない、絶対的に本当の事を考えてみていた。》
そういった弟は、やがて自殺する。兄はまだ自分の将来に確たる見通しもないまま、弟に向けて手さぐりするような答え方をしていたのだった。《それでは、きみのいわゆる本当の事をいった人間は、まったく出口なしというわけかい？
しかし作家はどうだろう。作家のうちには、かれらの小説をつうじて、本当の事をいった後、なおも生き延びた者たちがいるのじゃないか？》
私はテレビ画面で話し続けている自分の、すでに後期高齢者の喉の皮膚が垂れさがっているのや、初めのうちはなんとか姿勢を正していたのが(撮影はいつまでもいつまでも終らなかった)、しだいに背を丸くし、肱掛けに倚りかかりもするのを、他人事のように見ながら、その嗄(しわが)れた声を聞いていた。——永い間、小説を書いて、「本当のこと」を書く技術と手法は造りあげたと思う。時間が残されているとしたら、それを書きたいと思います。

先の小説を書いた当時、登場する「兄」より「弟」に自己認識としては近かったはずの私が、まだ若いままのその声で、一方は小説を書いてその年まで生きのびたこの老人にいう。——しかし、書く技術・手法より、「本当のこと」を書く覚悟が問題なのじゃないか？ それこそいまやきみの「晩年のスタイル」として！

「器用仕事（ブリコラージュ）」

戦後数年たって、大人たちも記憶にないという大雪が降り川下の隣町との交通は途絶した。三日たって晴れ渡った朝、谷間は森のはずれから川岸まで、一つながりの真白な斜面で、家のすぐ傍まで、大型のものをふくめ無数の野鳥がエサをもとめて降りて来ていた。

私は切り抜いていた古雑誌のページを頼りに（新しい雑誌などは手に入らなかった）、板で枠組をこしらえ針金、縄、麻紐を組み合せて、罠を造った。近所の大人たちからは、イノシシを捕るつもりかと笑われたものだ。

翌日、あらためて新しい雪が降った上を、長靴の底に縄を巻いて森のきわまで登り、それを仕掛けた。雪に窪みを掘って、弟が担いで来たムシロで囲み、その中から見張っていると、堂どうとしたキジが二羽やって来て、一羽がかかった。私の脇から弟がそれこそイノシシの仔のように跳び出して行き、壊れた罠を背負って雪の上を逃げるキジにタックルした。母親が、離れの土間にしばらく吊しておいて、キジ鍋を作ってくれた。

私は長篇第一作『芽むしり仔撃ち』に、自分ら兄弟の生涯最良の日のことを描いている。思いがけなくその文芸誌を読まれた林達夫さんに、――きみの小説は、出だしの設定にムリがあると感じていたが、半ば過ぎの雪の朝の情景に引き込まれて、新しい作家が出て来た、と説得された、といっていただいた。

じつは私は大きいページ数の一挙掲載をいわれて勇んで引き受け、頭のなかではずっと思い続けている物語に取りかかることにしたが、どう書き始めるかに踏み切ることができず、苦しんでいた。そして第七章の、その「猟と雪のなかの祭」から書き始めたのである。私は深く強く励まされた……

あれから六十年もたって、私がその罠の縮小模型を造ったのは、庭に来る四十雀、ウグイス、カワラヒワを目当てに家内が準備しているエサ場を、いかにも強壮に見えるヒヨドリのつがいが制圧して久しいからだった。かれらの青黒い影が高みの枝を横切るだけで、小さな野鳥は逃げてしまう。

私の工作を家内は期待しない様子だったが、一週間すると一羽がかかった。さて、どのように取りおろすかを思案していると、全身剝げちょろけの、長い尾を持った見慣れぬ生きものが、隣家との間の塀を伝って現われ、ヒヨドリのグェッという野太い鳴声と、数滴の血を残して消え去った。輸入された愛玩動物が放置されて野性化している噂は聞いているが、おそらくハクビシン……

それでもまた一週間たつと、ヒヨドリのつがいの片割れが戻って来て、相変らずエサ場を独占している。私は罠を修理し、今度はすぐ降せるように紐をつけた。本を読みながら見張っているとヒヨドリがかかったので、すぐさま罠にタオルを掛けまわし、羽ばたきさえしないのを自転車に載せて、桜が散っている運河沿いに一時間ほど走ってから、川べりに降りて罠を分解した。あお向けに転がっている淡い青と白のヒヨドリは頼りなげだったが、掌に乗せて宙に浮かばせるとジーッと鳴いて高みへ飛び去った。家内に報告すると、先の一羽のことで胸にあったわだかまりも解けさる様子。

――結婚以来、ああしたものを造るのを見たことはないのに、素早いし確実で、職人さんのようだった……

――レヴィ＝ストロースが、新石器時代の「第一」科学がどんな人間活動だったかを書いている。その名残だという「器用仕事（ブリコラージュ）」だからね、と私は自慢した。

人間を慰めることこそ

三十代半ばで私が編集・解説した『伊丹万作エッセイ集』を、文庫版にしてもらった。先の版で私が立てることのできた手柄といえば中野重治の「伊丹万作について」という美しく実際的な文章をおさめたことなので、そのまま残し、とくに読んでもらいたい若い人たちに向けて漢字のルビを多くした(ちくま学芸文庫)。

伊丹万作のエッセイは、具体的な問題を平明、正確な論理で展開する。昭和前半に映画という知的な仕事を開拓した人の文化的な特質として、ひとつ前の世代の言葉の習慣を継承しているところと、それを愉快な談論になじませて軽快にリズム化しているところがある。漢語を効果的に使って文章をスッキリ引きしめるが、読みとる側にはそれらの漢字の音読が容易で、意味もはっきり受けとめることが期待される。

私はルビ付きの印刷という素晴しい日本語の工夫を多用して、声に出して読むのでなくても伊丹の文体が読み手の胸のうちで音を発するように誘い、それらの漢語の意味に幾らかでも不安があれば気軽に調べてもらえるよう、『広辞苑』を組み込んである電子辞書をすすめると、自分の解説に付記した。それは年齢のせいで机に向かって本を読むよりソファに寝そべり、いつも腹の上に小さな器具を載せている(外国語の検索も、大きい辞書数冊なみ)このところの習慣から思い付いたのである。

それを自分でも丹念にやってみると、私は漢語の知識に穴ぼこと思い込みがあるのを思い知らされた。加えて私は、伊丹万作すらが、ひとつであれ誤っていることに気付いた! その散文作品の代表作といっていい「シナリオ時評」は、時代・社会・人間について成熟した見識を持つ人が若いシナリオ作家の作品について、技術的にはもとよりそれを超えて情理をつくしている文章。そこに伊丹が初めて読む黒澤明のシナリオ『達磨寺のドイツ人』評がある。伊丹は心から高い評価をする。《これだけの表現力を持ったシナリオ作家をまだ見たことがなかったので》と書いて、さて伊丹は続ける。《私は一瞬愴然たる思いであった……》 愴然は「いたみかなしむさま」だから、伊丹は誤用している。しかし私は、年をとった小説家として時に経験する、若い才能の台頭へのヒヤリとする思いが、伊丹の賞嘆の思いにも入り込んでいたのじゃないか、と感じたわけなのだ。

選集の解説を私はまず伊丹十三に依頼したが、かれは受けなかった。十三はその父の五十回忌に、妹である私の家内と子供らも招いてくれた。自分の息子たちをふくめ五人の次の世代に、かれらの祖父の三十歳の言葉を十三は伝えた。《人間を慰めることこそは映画の果し得る最も光栄ある役割であらねばならぬ。》それを解説にほしかった、と聞いている私は思った。

それに加えて、私が十三に代って書いた解説のなかに引用しているものだが、伊丹万作が戦後すぐ、その死の直前に発表したエッセイの次の言葉に、「福島三・一一」

後の日本の知識人たちからあらためて共感をあらわす幾つもの言及が行なわれた。ここにも私はそれを繰り返したい。《……だまされたものの罪は、ただ単にだまされたという事実そのものの中にあるのではなく、あんなにも造作なくだまされるほど批判力を失い、思考力を失い、信念を失い、家畜的な盲従に自己の一切をゆだねるようになってしまっていた国民全体の文化的無気力、無自覚、無反省、無責任などが悪の本体なのである。》

ヒヨドリ再説

少年時の記憶をもとに、木と紐の罠を作ったことを書いた。庭のエサ場を独占する大柄なヒヨドリのつがいを捕らえて、家から離れた所で放す計画だった。それが雑誌に載ると、法律違反であることを指摘する投書をいただいた。一羽を罠から外す前に、飼育先を逃げ出して野性化したハクビシンらしいものにサラワレル不始末もあった。

じつは数週間後、先のより若く見えるつがいが来るようになったが、あらためてもう一度という気にならなかった。家内が黙っていたのは、次は自分でやり方を工夫してという考えがあったのらしい。そのうち東南アジア原産のものだという新聞記事を見たことのある、確かに見慣れないクマ鼠が、家に入った。深夜、台所で私の肩を跳び越えた時は軽快さに好意を持ったくらいだが、次第に暴れ廻った。駆除の業者に依頼したが、効果はあがらない。

それを見きわめた家内は、市販されている紙箱の装置を買って来て、自前の改良をほどこした。そうしたタクラミは見抜かれる、と業者にいわれながら、四つ割にした林檎を装置の真ん中に置きもした。その晩、私が大きい辞書を取りにその部屋へ入ると、接着剤で動きのとれなくなった鼠の尻が紙箱いっぱいに覗いていた。

今度のヒヨドリは、息子の寝室の脇のカエデに乾いた小枝をくわえて這入るのを家内に目撃された。肥満から無呼吸症の息子は睡眠不足が常態で、遅くまで眠っている。巣をかけたヒヨドリに朝早く啼きたてられては苦しいだろう。春になって、居間の大きいガラス戸の前に植えてあるパンジーの花を(蕾の時から)食いつくされるのも防ぎたい。覚悟を決めた家内は、薔薇の添え木用の竹で、高みに葉蔭にかたちを現わしてきた巣を突つき壊した。つがいは(家内がいうところでは)こちらの本気さを感じとって、隣りのお屋敷のもっと高い木に巣を作り直した。そこからのテリトリーの見晴らしも良いらしく、毎朝の啼きながらの飛行は広びろと活力にみちている。家内はエサ場に目白より大きい鳥は這入れない手当てをした。

　こうした半ば社会的な日常生活での、果断で配慮もある振舞いにおいて、家内に私は及ばない。それは、家庭内の、また都市の初等・中等教育機関での、よく訓練された（ディシプリンド）習慣が生きているからだ。

　私は戦時の森のなかの谷間の、野放しだった自分の環境を思わずにはいられない。そこにもそれなりの感情教育はあったけれど……

　ある夏、小さなサーカスが来て、二、三日興行した。スターは一頭のカンガルーで、志願する客とグローヴをつけて拳闘の試合をする。もちろん有料。米か麦を一握り持ってゆく。ある朝、騒ぎが伝わって来て、家の前の県道に出てみると、川下に向けてカンガルーが走り、飼育係が必死の形相で追いかけて行った。残った大人らが、あの獣は凶暴だから狩猟免許のある者に猟銃を持って集まる様指示が出たと話す。

その夕暮、もう暗い道を疲れ切った飼育係と昂然たるカンガルーが並び、繋ぎ紐なしで登って来た。子供らは歓声で迎えた。私はずっと自分の無力を思っていた続きで、隠れて涙を流した。

新訳に誘われて

ある集りで話すため、新幹線で日帰りの旅をした。深夜に帰り着くと、食堂に夜食と小さめの書籍小包が置かれている。すぐ取り出した本は、穏やかで実質的で瀟洒(しょうしゃ)な装丁ながら、私が五十年間待っていた(誇張していません)翻訳書だった！　カーテンの合せ目が明るんで来るまで、疲れもものかは私は静かに充実して読み進んだ。

仏文科に入れると決まって初めての「仏語基本文典」という教室の、短かい文章の引用をされるだけでもう自分らとは異質の発音だとわかる(パスカルの世界的な学者だとは知っていた)前田陽一先生が、——きみたちフランス文学の研究者となるつもりなら、この人をと思い決めた作家は、翻訳で読まないように、といわれた。

その教えにしたがいたい思いのみで自分の実力は考えず、私は丸善でサルトルの“La Nausée”を手に入れると、広く読まれている訳書があったのに、それに頼らぬ決心をした。ほとんど毎行辞書で調べることを繰り返して、時間の限り毎日かけて読み進んだ。秋になって、英訳のポケットブックを参考にすることは考え付いたけれど……

そのまま一年たち、生協の書店に入った私はサルトルの全集の翻訳を棚から引き出した。一気に十ページほど読んで、ああ、こういうことなのか、と思い当り続けながら(ノートに書き移した原文がその脇に浮かぶような気もした)、私はもう一度、決心を保つかどうかを思案していた。そして、若い人間の思い込みの、根拠はないのにひたすら強い確信において、――自分にはあの仕方で作り出している「文体」の方が、本当のサルトルだ、と結論した。当時、私はすでに専門の研究者になって生きてゆく自信はなく、なんとか小説の試作をしてみようとしてもいた……

その結果、大学院に進むかわりに大学新聞に載った短篇小説を手がかりにその方向へと暮し始め、しかしサルトルはなお翻訳を読まないことは守ったので、今になって永く待ち受けるようだった訳者による日本語の『嘔吐』を、読むことになったのである(鈴木道彦訳、人文書院)。そしてこれはまったく文字通り寝食を忘れて、かつゆったりと読みふけり、「親密な手紙」のなにより手ごたえがあり、かつなじみのある感触のものに接している思いを味わった。数日して、書き込みだらけの最初の原書を再読にかかると、もう「親密な手紙」としての鈴木訳の文体が、私の読む文体となってコンコンと湧いた……

もひとつ鈴木さんのなさっている簡要な註と解説から、私の思い当って楽しかったこと。小説を本気で書き始めるまでの数年間、私はズック地で表装した厚いノートを、やがて書く詩と小説のために、ということで書きためてもいた。詩のための方が「小さな老人(ゲロンチョン)」というタイトル、小説の方が「若作りの老人(ロカンタン)」。学部に進んだ始めから親しく教わった清水徹さんから、——きみは若いのに、エリオットでは老人の詩が好きだったね、と思い出してもらったことがある。いまも『ゲロンチョン』への思いは続いているが、ロカンタンというのはなぜだったか、『嘔吐』の人物にしても、と不思議だった。

そして私はやはり自分が固有名詞まで辞書を引き、roquentin、若く見せたがる老人という字義を面白がったのだと懐かしんだ。その若者も今やサルトルの没年に達している。

死者たちの時

前田陽一先生のオリエンテーションで、本格的な研究者の姿勢とはこういうものかと衝撃を受け、翻訳書を読まなくなった。そう書いてから、確かにその通りだけれど、あの時最後に読んだのは何だったたか、と考え思いあたったのは、岩波「現代の文学」の一冊として出たピエール・ガスカールの『けものたち・死者の時』(渡辺一夫・佐藤朔・二宮敬訳、一九五五年)である。

その本と数年後に買った「ル・リーヴル・ド・ポシュ」版による原書が書棚に並んでいるが、いま岩波文庫で読むあとがきに「二宮敬氏の訳稿に私が全く我流の朱筆を加えさせていただいたもの」と渡辺先生が書いていられるうちの、中篇「死者の時」に、これこそ過去から届いた「親密な手紙」だ、としみじみ思ったものだ。その文章全体をひたしている、比類のない深さ、静けさ！

二十歳の私もそれに打ちのめされて、――自分が小説を書くようになり、人生の終り近くまで書き続けるとしたら、この深さ、静けさに達したい、とねがったものだ。そして現に私はその時にいたっている……まだ壮年時から追いたてられるように、私は「最後の小説」と言い出す癖があった。この十五年ほどは敬愛する友人の死にあうことが続き、もとより自分の老齢化の自覚もあって、先行者のひとりエドワード・W・サイードの『晩年のスタイル』は原著と翻訳(岩波書店)ともにまさに枕頭の書である。

さらに、六十代に入ってから実際に「最後の小説」と思い立って書き始めたが、書き進めるうち、小説を書くこと自体にこれはまだ過程でそれを積極的に展開してからのことだ、という気力の恢復があって、草稿の冒頭をやり直した。それらのあれこれを封筒から取り出すことがある。

そのひとつを読んでみるうち、あきらかに「死者の時」が影を落しているのに気付いた。ガスカールの作品は、ドイツ軍の俘虜になったフランス兵士が、収容所の仲間うちで出る死者の墓地を作る話。仕事を重ねる語り手の「僕」は生者より死者になじむのを感じて来る。頽勢(たいせい)あきらかなドイツ軍側の規律もゆるみ、「僕」は近郊の娘と森の傍で逢引する機会を得る。そして「僕」の衝動に怯(ひる)んだ娘を追いかけようとさえする。《しかし、僕は、一本の木に寄りかかった。僕のうちにも、僕の周りにも、深い沈黙が作られていた。やがて僕は、涙を拭い、僕の死者たちのほうへ戻った。》

小説の終りのこの見事な一節に重ねるような短章を、自分も書こうとしているのである。森のへりの一本の高い樹木に(このイメージは四国の森だが、私の小説にずっとまつわりついて来た)老いた私が寄りかかっている。私は自分の家族たちとそこを訪れているのであって、向こうの陽の当る高みに三人の孫をふくむ者たちの団欒がある。ところが老作家は涙を拭うと、別方向の暗い低みに幾人もがその痩せた肩を寄せている、懐かしさに胸がつまるような死者たちに向かって歩き出してしまうのだ。いまひとり声に出してみると、当の文章は静かな深さのものだ。

ジョイスと武満

武満徹さんから初めて手紙をもらったのは二十二歳の時で、あの美しい伸びやかな書体はもうでき上っていた。それから最後の入院の始まりの病室で書きかえた作曲プランを見せられるまで、書体は変らなかった。海外に出られると、ホテルあるいは大学の宿舎から、確実に一度は届いた。そこで私がおおく手紙をもらったと感じているのも、ひんぱんにというのではなく、そのような関係がじつに永い時をつうじてあったのだ、と思いあたる。

そうした手紙が、一通なりとも饒舌なものではないのだった。音楽家として、これからどういうことをやろうとしているか、(計画というよりは)決意表明の短い文章でしめくくられる。若い時の気分がずっと続いて、五歳年長の武満さんにはついノンキ坊主として振舞うのが常の私も、粛然とした。

八〇年代、武満さんがニューヨークはじめアメリカの幾つかの都市で、仕事をされた時のこと、――長い滞在の終りまできみに御無沙汰したが、一緒にいる音楽家たちがとても知的な連中で、ずっと愉快に過ごしている、と書いてあった。それに加えて、めずらしく用件。かれらピアニストや作曲家が、もっとも面白がって話題にするのがジョイスの『フィネガンズ・ウェイク』。そこで一冊手に入れて読んでみたが、歯が立たない。今度会う時、きみがここならと思う部分を、いつもやるように、自由に「講釈する」仕方で話してもらいたい。

ジョイスをよく知っているのではないが、奮いたった。私は、とにかく原著の冒頭五ページを拡大コピイして、これまでに出ている訳文に加え、専門誌や海外誌で出会ったり自分で辞書を引いてノートしていたものも余白に書き込んだ。今では柳瀬尚紀訳の河出文庫版に、こうあるところに始めて。《川走、イブとアダム礼盃亭を過ぎ、く寝る岸辺から輪ん曲する湾へ、》……

――最初の言葉が、僕は好きなんですよ、そのまま引用できるし、と武満さんはいわれた。僕も物語としてのつながりを追っかけてるのじゃない。その上でね、直接音楽的な飛躍を誘われるのが面白い。

その翌年、ロサンゼルスで初演された大きい新曲のテープを聴き、私はいつものことだが、根本的に揺り動かされた。しかし作曲家が『フィネガンズ・ウェイク』からタイトルを引用しているその『リヴァラン』という曲が、ジョイスとどうつながっているかはわからないまま。ところが後に武満さんのプログラム・ノーツに書かれている言葉を読んで明瞭になった。

《曲は、ひとつの源流から派生する音楽的支流が、夜の風景を辿って、調性の海を目指して進んでいく。単純な信号ともいえる動機、長三度と長七度の音程がしだいに離散し、さまざまな旋律的亜種を生んでいく。それらはときに対立するが、かならず

しも弁証法的な展開をとらず、つねに生成し、消え、また回復する。》

それをそのまま実感するだけだが、聴き返すたび私の頭ごしに武満―ジョイスの両天才の重なり合いに圧倒された。

作曲家と建築家

十月八日の、武満さんが生きていられたら、という八十歳バースデー・コンサートには、まず『アステリズム』が強く鳴り響いて、若い日から壮年の武満さんの激しさを再認識させた。けれども帰り道で私を満たしている感銘は穏やかで、それは『リヴァラン』の大きい方向付けが、全体の底に流れていたからじゃなかっただろうか？オペラ『かいじゅうたちのいるところ』でのCDを光とよく聴く作曲家オリヴァー・ナッセンの指揮が、曲の選択にも演奏にも、その意図を置いてのことだったかも知れない。

聴きながら、私は幾度も武満さんからの「親密な手紙」を読み返すようであったから、個人的な偏りはあった、と留保もするが…… たとえば、十六年前の秋の終り、ボストンで行なわれている音楽の催しで、関係者が集っている宿舎からだと武満さんから国際電話がかかって来た。

——今朝ピーターが、きみの友達がノーベル賞をもらったようだ、といいにきたけれど、本当？

そのゼルキンのピアノが『リヴァラン』の冒頭に現われ、自由な間を置いて再現する主題を（ジョイスの『フィネガンズ・ウェイク』に喚起されたピアノ・コンチェルトに、こうした言い方はふさわしくないとしても）懐かしい優しさで包み、その余韻はコンサートの終りのドビュッシーにも漂っている気がした……

この夜は、ずいぶん久しぶりに建築家の原広司さんと話すこともできた。私は三十代終りで初めて原さんに会った時、あ、この人の小柄でかつ頭の働きの人並外れているところ、同じタイプの人間を知っている、と感じた。ところが少し遅れて会合に現われた武満さんが、ほかならぬその当人だと気付き、愉快でならなかった。自分の小説を武満さんに言葉少なく批評されると、いつも目がさめるようだった。原さんは(奥さんの控え目なユーモアによると、何かで少し傷つけるようなことをいってしまうと、隅に入り込んでカードの数学の問題を解いている)新しい数学の用語法で分析される。それは驚きだったし、しかもずっと私を堅固に支える力となった。

一年前に出した私の長篇『水死』について、根本的なイメージが小説の全体に散在するのを、原さんは「ディスクリートの構造」だといわれた。その原理は原さんの世界の隅ずみに明快に露呈している、人間の根本的な体系としての建築の具体例を写真と言葉で総合した『集落の教え100』(彰国社)に定義されている。《最も豊かな「部分」をもつのが、離散位相(discrete topology)である。すなわち、すべての部分集合が「部分」として数えあげられるような構造である。社会の在り方からすれば、ひとつの理想像であると考えられる。》

先の「ジョイスと武満」に引用した、武満さんの『リヴァラン』自作解説を思い出していただけたろうか？　私は武満さんに『フィネガンズ・ウェイク』の、隣接する文節を意味でつないで進める伝統的な小説とは逆に、まるっきり切り離す書き方が、根本的なものの展開を徹底して自由にする、と話したのだった。

数学に無知な私が、武満さんを偲ぶ音楽会で原さんの思想と方法への共感を新しく実感する不思議さ！

二章

バロックのブクブク

光が生まれてすぐ、脳外科の手術をしてくださった森安信雄先生は、最初はもとよりそうした受けとめの余裕はないが、永い間に私にとって「謹直なユーモア」の人となられた。

少なくとも年に二回は、板橋にある大学病院まで、診療していただきに行く。光はそれを何よりの楽しみにしていて、幾つも電車を乗り継いでの行程をいそいそとこなす。病院の廊下の長椅子で待つうち、呼び出しがかかると(父親はずっと読んでいた本に赤鉛筆、時には辞書まで片付けるのに手間どるので)、たいてい敏捷な足どりで先に行ってしまう。

遅れて顔を出す私に、もう問診を始めていられる先生はニコリともされないけれど、光がてんかんの発作があまり起らなかったことを説明する際には(それが自力でなしとげた仕事の成果であるかのように、誇らしげに話す)、それを聞かれる先生に「謹直なユーモア」がただよう。先生が亡くなられて久しいが、私も家内も、光に先生から受け継いだ、その表情を見出すと言いかわすことがある……

この秋の終りがた、私らは光の振舞いに生彩がなくなっていると気にかけるようになった。端的に、光が楽譜を読み・書きするのを楽しまなくなっているのを見てとった。病院に相談に行くうち、家内が光を詳細に検眼してもらって、老眼鏡の度を強くし、近眼に加えて乱視もある眼に、色の薄いサングラスを新調した。それが大ヒットで、足の故障が進んで歩行がおぼつかないと思っていたものが、すぐにも少年時のキビキビした歩きぶりに戻っていた。

そこで私は、久しぶりに中古のクラシックCDを大量に備えている店にかれを連れて行くことにした。そこはセミプロといいたいほどの通の人たちが集まる場所で、CDを満載した棚の間の通路は狭く、薄暗くさえある。作曲家ごとに整理した棚に名前のカードこそはっきり読みとれるが、それ以上はCDの背のこまかな文字を調べてゆく他にない。光はかつてたびたび通った店の奥の、なじみの棚に密着して、小一時間、腰をあげようともしない。

その店は吉田秀和先生のFM番組で、これは手に入りにくいかも知れないが、と注意をして紹介されたものを、光が何枚も掘り出したところ。私は幾らか明るい角に立って、本を読んでいた。光は手に入れるべきものを探しあてる様子。

帰りのタクシーで、かれは膝の手提げをしっかり押さえているが、珍しい収穫はという種の私の素人の質問には答えない。ところが時どき私に向ける顔には、あの「謹直なユーモア」がつい浮かび上るふうなのである。その夜ずっと、かれは買って来たCDを取り出しては小手調べする具合に、わずかずつの音節を響かせていた。

家族がそれぞれ寝室に引き上げる段になって、私が義歯をコップに沈めた時だ。それに合わせるように、ヴィヴァルディのバスーン協奏曲ホ短調が鳴り響いた。じつに盛んな音で、コップの洗浄液の、こちらは微細な音を圧倒する。しかも両者はまったく同一のリズムなのである。私は光の企みに一本とられて、バロックのブクブクに唱和しさえしたものだ。

愛をとりあげられない

二十四歳の、やがて圧倒的に豊かな未来を築くことになる演劇青年が、同時代的に発表をはじめたばかりの同い年の小説家の未来をうらなう、「創作ノート」を書いていた。井上廈（ひさし）、かれはやがて独特に明快で美しい手描き書体をひとり完成することになるが、ノートは正式に訓練された字で書かれている。

夫人が、山形県川西町の「遅筆堂文庫」で発見したとコピイして送ってくださった。私は後年、井上ひさしタイポグラフィーによる手紙を数多く受け取ってきたが、ことごとく目にも心にも優しかった。しかしここには、周到で鋭い読解と、私の将来に向けての(またおそらくかれ自身の将来に期するところもほの見える、ライバル意識あきらかな)批評があって、五十年前に書かれたものがいま届いた、じつに真剣な「親密な手紙」という気がする。

ひさしさんは属していた小劇団の試演用に、若い私の唯一文芸誌に載せた一幕劇『動物倉庫』を原紙切りしながら、考えたことを書く。それもかれらしく「新しい作家」が発表している、すべての短篇を読んだ上でそうする。(私はまだ短篇だけを書いていた頃で、最近もチェーホフの見事な新訳を出された沼野充義氏に、なぜあの短篇への熱中を切り上げ、手探りで準備不足の長篇を書き始めたかと嘆いたところ。)もし、あの時、ひさしさんのきびしく「親密な手紙」が実際に届いて、この人と知り合っていたなら、自分の小説の「初期」はどんなに変ったことだったろう……

《『動物倉庫』の中で、すでにこの人生の平行=他人との無関係がテーマとして強く打ち出されているようだ。大江氏がいままで描いて来たあらゆる情景のなかに決して愛というものがなかったこと、(中略)愛をとりあげることによって、大江氏は危険を予感し、小説の最後でなにはともあれそれをぶちこわさねばならない……(中略)私は大江氏が長篇ですぐれたものを書くことはできないのではないかと危惧する。長篇では愛を描くほか何ものをも描けないから。つまるところ大江氏は短篇作家である。》

井上ひさしの戯曲『父と暮せば』は、原爆で焼き殺された父親の「亡霊」を舞台に引き戻す。かれを見棄てて生き延びたと自責する思いから、積極的に生きる手がかり、「愛」をあきらめている娘を説得し、将来を共に生きる手がかりとなるべき青年へ目を開かせる。かれのオート三輪の近づく気配のなかで、娘は消えてゆく父親に別れの言葉を発する。——おとったん、ありがとありました。

原爆のもたらしたものの、なお続く現実の一端をとらえる短篇となるほかなかった作品が(それはいうまでもなく意味の深いものだけれど)、「愛」の契機によってしっかりした長篇の(未来に開き、長く続く)物語となる。

私はやはり夫人に示された、『水死』を読んでくれたひさしさんの病床ノートの、《圧倒的なアカリくんの存在/真に人間的なことがら以外では和解しない》という一句を出発点に、障害のある息子との不和が解決していない現状を、おそらく終りの長篇に書こうとしている。それが短篇作家だった私に光の誕生がもたらしたものを、確実に回復させてくれますように！

幼児が写真を見る

昨年(二〇一〇年)、八月六日のニューヨーク・タイムズ紙に、私の文章が載った。続いて、「核拡散、ヒロシマ以後」という「編集者への手紙」欄への投書も載ったことを、後日、教えられた。

私の訳文で、《多くの学生たちが、大江氏の『ヒロシマ・ノート』のような本や『博士の異常な愛情(ドクター・ストレンジラヴ)』のような映画が、大昔のことについてだと考えているのに、私は驚く。今日の若者たちには、社会の風潮が変り、夕方のニュースの中心を経済が占めている世界に、これらの作品は無関係だと感じられている。大江氏の雄弁な言葉は、

すべての世代に警告と影響をあたえるべきものなのです。》

私は世界各地から少しずつ時を置いて届いた幾通かの反響とともに、それに励まされた。この投稿者の名前が(いまはタフツ大学で日本文学を教える教授)スーザン・J・ネイピアさんであることに、懐かしい人からの返事が来たという感じを受けた。

私は『新しい人よ眼ざめよ』に、女子学生のようだったこの研究者が実際に東京の家を訪ねて来た日のスケッチをしている。インタヴューは三島由紀夫と私の主題としての「性と暴力」について。質問が一段落して、私らは居間に移り、光も相伴させてコーヒーを飲んでいた。そのうち私は、写真が流布している三島のボディビルで造った身体が、彼女に大男の印象をあたえているのに気付いた。いや、むしろ日本人としても小柄な人です、と私がいうのへ、光が続けていた。――本当に背の低い人でしたよ、これくらいの人間でした!

かれの客に向けて差し出した片掌は、床から三十センチほどの高さに水平に開いていた。私は驚きと嫌悪のまじっている思いを抱いた。光が異様なほどに熱を込めて伝えようとしている情報は、それまで一度もかれが口にしたことのなかったものなのである。十年前のあの事件の際、まだ六歳にみたなかった、それも知的障害のある子供に、新聞に出ていた(続いて出た別の版では取り替えられていたはず)、自衛隊駐屯地の総監室の床に「生首」が直立している写真がきざみこまれている、私にはそれを拭い去ってやる手立てがない……

光は自分のいったことが父親に不愉快な思いをさせたと感じると、決して同じことは繰り返さないので、この記憶がなお残っているかどうか確かめられないまま、時がたった。そして私がカリフォルニア大学バークレイ校に短期滞在して、セミナーの準備をしていた時のことだ、それまでのセミナーの記録を揃えて渡された。モーリス・センダックがゲストの回に私は魅かれた。幼時、手を引かれて新聞スタンドの前を通り、ちょうど自分の顔の高さにある、殺された幼児の遺体の写真を見た、と名高い絵本の大家は語っている。

センダックはリンドバーグ夫妻の愛児誘拐事件が、いかに深い傷を幼時の自分にあたえたかを語り、後年、リンドバーグ夫人が近くでなお存命だと知り、そこを訪ねて行って、――お母さん、私が、誘拐されたあなたの子供です！ と呼びかけたい気持にかられた、と続けていた。

このアメリカへの旅で手に入れた一冊だが、「悪」による誘拐に子供がいかに無防備かを、かれの秀作『まどのそとのそのまたむこう（アウトサイド・オーヴァー・ゼア）』は物語っている。あの新聞写真は、センダックを生涯とらえて離さなかったのだ。

品格の問題

私が受験に失敗して、東京の予備校に通っていた間に、東大・劇団ポポロ事件で退学になり、裁判が続いている若い人たちを支援するグループが、四国の谷間の村に来た。公民館で開かれるグループでやるかれらの朗読の集まりを、アカだから、とつぶそうとする有力者のことを聞いて、私の母が談じこんだ。

有力者に、――おたくの息子さんは、まだ東大とは関係はないと思うておったが、とカラカワレテもひるまず、母は、――お宅の奥さんに『素足の娘』を貸しておる佐多稲子さんのな、お子さんが裁判の当事者です、私らが関係ない、というのは恥かしいでしょう、と一蹴して、後のちまで話題になった朗読会を成功させた。私らの小さな家に幾人か泊まってもらいもした。

数年たって、松山へ講演に来られた佐多さんが、宇和島への移動の途中、「婦人民主クラブ」の人に案内されて私の家の前で車から降りられた。ところが家業の帳場に座っていた母は、土間にはだしで駆けおりたものの、身もだえしながらお辞儀を繰り返すだけで、休んでいただく配慮もできなかった……

そのまま車を見送ると、集まって来た近所の人たちに、――私と同い年の方ですが、キレイで威厳がありました、と声を張って話をした、と姉から聞いた。

私が小説を書くようになってすぐ、六〇年安保の小さな集まりを開く下働きをして中野重治さんを講師にむかえた際、私が(身もだえこそしなかったけれど)すっかり緊張しているのをホグスおつもりか、佐多さんが、――この人のお母さんと愛媛でお会いした時、やはりこのようにとてもていねいな方で……といわれた。――土地の気風というものがあるからね、と中野さんが解説された。

私が『洪水はわが魂に及び』を出した時、佐多さんは手紙をくださって、作中の娘が突っ張って生きて来た人なのに、性的な辛い経験から心理的なひずみを残して、背伸びするだけでまた別の辛い状態にいる……　その娘が主人公の若者にみちびかれ、しだいに解放されてゆく、あのように書いてくれてありがとう！　と書かれていた。帰郷して、その話をすると、母が夢中になった。――あなたにモノをねだったことはないと思うが、そのお手紙はもらえないか？　また、あなたの小説の、先生に賞めていただいたところに赤鉛筆でしるしをして、送ってくれるように！

御手紙は母の望むとおりにしていいけれど、後者についてためらった。それはこういうところだったから。若者が、娘から性的なヴェテランの態度を示され、かれの未熟さや小心ぶりをいわれ性急にリードされるうち、ついに意を固めて正直なことをいう。《――イクということなんだがな、きみの受けとりかたはいくらか意味が拡大されているのじゃないか？　と勇魚は切りだした。性交しているあいだにきみがアッといったのが、そのイクことだとしたら、それはやはり短い時間にひんぱんすぎると思

うんだよ。》

幾度も催促されて送ったが、母の返事にはただ、――先生の品格のある文字はあなたにどんなにしても真似できないでしょう、とだけあった。

ナンボナンデモ

地方都市の、しっかりした広さの感じられる街路を斜めいっぱいにふさいで、大きい漁船がかしいでいる。私の胸のうちにずいぶん久しぶりに、——ナンボナンデモ！という言葉が湧いて来た。

東日本大震災から、なにもかも恐しい規模の異常が伝えられる日々、ある朝の新聞を開いてのことだが、それは敗戦直後に聞いたこの言葉とのじつに長い時をへだてての再会だと感じられた。原爆が投下され消息の知れなかった友達が福山の病院から葉書をくれ勇んで会いに行った母親が、昼間はふだんと変らなかったのに、夜になると祖母に泣きながら遅くまで繰り返し話している。広島駅から見渡すと、建物は何もなかった。目の前で遊んでいた友達の子供二人は光った一瞬に消えてしまった。それに対しての、祖母の返事、――ナンボナンデモ！

私はそれを作文に書いた。女の先生が、地方新聞に知っている人がいるので、載せてもらえるかも知れないという。しかし、方言が使われているので、そこを書き直さないと恥ずかしい。私は作文を返してもらって、そうしようとした。ナンボナンデモは、いや、いくらなんでもと書きかえられると知っていた。しかし、それにつとめるうち、私はそうしたくないと考えるようになった。

いくらなんでも、と祖母がいった、と書くと、母親の話したことを祖母が信用していないか、そうしたことを言いたてるのは慎みがない、といっている気がする、と私は感じた。そうではなくて、祖母は母と一緒にひたすら嘆いていたのだ、ナンボナンデモ！　もしかしたら、私が世間に向けて発表する最初の（それもヒロシマについての）文章となったかも知れない作文は、机が小さくなって取り換えられるまで引出しのなかにあった。私はこのままで新聞に出したいといって、先生に却下されたから。

さて、私はこれまでも原子力発電所の大きい危険について考えないのではなかった(専門家ではない者の小さい発想を展開させて、小説の奇妙な人物に語らせもして来た)。しかし、福島原発事故から毎日ずっとテレビの前に座り続けるいまほど、日々の生活が危機感にみたされていたのではなかった。新聞には漁業関係者に何の相談もなく汚染水を海に放出したことを東電本店に抗議している人らの写真が載り、京都大や広島大のチームによる現地調査が、爆発から三カ月後も、原発から三十キロ圏外の土壌に平常時の約四百倍の放射線を検出するという、という記事を読む。米スリーマイル島原発事故では十一年かかった核燃料の取り出しが、わが国では技術的に五年で可能だというのが、わずかにポジティヴな解説記事である!

福島原発の事故以後、すでにこれまでとは違った海、違った大地に、私らは生きている。老年の自分らはそれとして、新しい世代は……と考える時、政府と原発にいくい、いい、らなんでもという声を発せずにはいられない。そこにナンボナンデモという幼い耳に聞かされた響きを自覚しもする。机の引出しにしまっていた作文は、いまの自分への手紙だったのか？

返礼

海外からの電話、あるいは来日してのインタヴュー申し出に、私は自分の外国語聞き取り能力の弱さを考えて、質問を英語かフランス語の文章にしてもらい、それをよく読んでから、いったん日本語で書いた答えを自分で訳して返送している。最良のやり方は、私の日本語での回答を、先方の編集部でその国の言葉にしてもらい、こちらに異議があれば(自力で発見できれば、の話だけれど)、ファクスを幾度も往復して答案を完成することだ。

東日本大震災をめぐって数多かった聞き手のうちに、他の人たちとの共通項はもとよりあるけれど、とくに天皇皇后の、被災者たちへの慰問に焦点を置いて、問い掛ける女性記者があった(たまたま王家のある国の人)。私はむしろ先方がいま現在の天皇皇后と民衆との直接の出会いをテレビや新聞の報道をつうじて、どのように見てとっているか、に関心を抱いた。

電話でのやりとりに、すでにそれが彼女の中心的な意図であることが示され、送られて来た質問に、仙台市宮城野区を訪ねられた皇后が、被災者の女性から、津波に流された自宅跡地を見に行き庭のあったところに咲いていたのを摘んだもの、と手渡された水仙を、もらっていいかと尋ね確かめられ、東京へ帰る自衛隊機で、小さな花束を握りしめていられた、という新聞記事が添えてあった。

私は自分の感想よりも、専門家の書かれているものを紹介すると、阪神淡路大震災で精神科医とナースのチームを組織的に統御された中井久夫氏の、今度の震災の後、新稿も加えて復刊された『災害がほんとうに襲った時』(みすず書房)に説得的な論説がある、と翻訳して伝えた。

中井氏は、心理的にあたためる工夫のひとつとして、黄色い花の効用を強調されていた。
《皇后陛下が皇居の水仙を持って見舞いに来られたように、瓦礫に合う色は黄色しかなかった。》
《われわれのスタッフも、避難所を訪問する時に花を携えてゆくようにしたいが、いかんせん、入手が困難である。皇居の水仙を皇后が菅原市場跡に供えて黙禱されたのは非常によいタイミングであったというほかない。》
彼女は先の新聞記事にあわせて中井氏の文章を引用し、十六年前のことにつなぐ文章を書いた様子。ところがすぐ本国の編集者から確認のメイルが届いたという。皇后が、先に黄色い花を供えられた、という文節では、その行為の主格は、皇后。しかし、東日本の被災地で黄色い花を皇后に贈った主格は一市民の女性。この二つの行為の連続性はどうなるのか？
私は、自分に想像できるように思うのは、女性市民の内面のことだけだが、と限定しながら答えた。彼女は十六年前に被災者へ捧げられた花の、いま被災者である自分としての返礼をしたのだろう。こうした危機にのみ起る、この国の文化のなかでの新しいものに感じられる人と人との対等の関係を、小さな黄色の花がかざっているように私は感じる。

ノリウツギの花

十年ほども前のこと、光の作曲のCDを家族の友人のフルーティスト小泉浩さんを中心とする大きい協力につつまれて全国で演奏会をしていた。私も話をした。家内にとっても生涯のなによりめざましい経験だっただろう。そして舞台でいつも短かくユーモラスな挨拶をした光自身に！

音楽会を開いてくださる市民たちのグループは多様だったが、そのひとつが、岩手県山田町でその翌朝、盛岡に向かうタクシーの運転手さんに遠廻りしてもらって、井上ひさし「ひょっこりひょうたん島」ゆかりの海岸を通った。大震災後の光景を新聞写真で見て、暗然とした。いかに多くの人たちが喪なわれ、さらには、いかに多くの人たちの記憶の風景が失われたことだろう。

その極大の悲惨とは比較にならないが、私の忘れられない、郷里の風景のことと鋭い切口で私のなかに開き続けているものが結んでいる。土地の伝承については確かな記憶の人だった母が、頭に斑が生じて……、と嘆く日々があった。長兄の法事の集まりに、もう家族の必要事の管理からは外されている母が、言葉でなりと遠来の客をもてなそうとする。たとえば三男の私を皆の前で会話に引き込もうとして、こういうことをいった。

――あなたを山仕事に連れて行きますとな、場所を忘れてはならんと、沢の見取図を描いた紙にしきりに丸を付けておられたが、目当ての宝ものは、後から掘り出せましたかな？

私には見当もつかず、親戚も家族も大笑いということで終った。しかし忘れていたのは私の方で、母の思い出話には根拠があったのだ。私らの家業は、和紙の原料の精製で、その主な納入先は紙幣を印刷するお役所だが、出張検査官に等外とされたものを京都の高名な画家たちのお出入りの、小さいけれど確かな製紙店に買ってもらう。そこへ毎年お歳暮に、紙をつくる際に使われるノリウツギの糊を煮て(あるいは乾かした原料の樹皮をきれいな束にしたものを)送っていた。

その特別な落葉低木が、六月から七月へかけて円錐状の花を咲かせる。それは目ざましい白さの眺めだが、秋が深くなっては葉を落した林のどこにあれらの毎年樹皮を採るために切られる群がりが立っていたものかわからない。そこで谷の斜面の地図をこしらえマークをつけておく。それに基づいて、背負い籠に鎌を入れた母を案内するのが、私の役目。

そのノリウツギのことをある時はっきり思い出した。その年か、翌年、四国へ出かける仕事があって、たまたま花盛りの頃であったから、生家に立ち寄り妹の息子の車で林道を登った。しかし、私の覚えている小丘陵も沢も、ゴルフ場にする計画があった(しかしバブルが去って中止された)ということで、陽のあたる斜面はノッペラボーだった。大切なものが根こそぎ奪い去られた気がした。

震災の後、外国から私のところに届いた最初の見舞いの手紙は、エドワード・W・サイードの夫人、マリアムからのものだった。サイードがピアニスト・指揮者ダニエル・バレンボイムと作ったイスラエルとアラブの国々の若い音楽家たちを一緒に演奏させるオーケストラ(名もゲーテの『西東詩集』にちなんでいる)を、夫の死後しっかり受け継いでいる人。サイードの晩年を描いた日本人監督による映画を東京で上映する会にも来てくれた。彼女が東日本の津波や原発の事故で被害を受けた人たちを思いやる手紙の一節に、dispossessed、土地や生命まで奪い取られた、という形容(サイードがパレスチナの人々について使った言葉)を使われているのが深く身にしみた。

真っさらのタンクロー

私が人生で最初に出会って、これはなんという美しい本だろう、と（実際には森のなかの方言で表現したはずだから、この言葉通りにではないが）驚いたのは、時どき不思議な贈りものを、思いがけない仕方でくれる人であった母親から『タンクタンクロー』という本をもらい、あまり夢中になったので、気の毒になったらしく、同じ本についてだけれどそれより格段にまさる経験をさせてくれた時のことだ。

阪本牙城の『タンクタンクロー』。この幼年向けの漫画がクロース装の一冊の本になったのは、一九三五年。私はその年に生まれたのだから、五、六歳になっていた私の手に入った際、もうその本は新刊のものではなかった。医院の院長先生のお子さんが大切にされていたのを（先生が東京に出張して同じ本ながらこちらは真っさらの一冊を見つけられたので）いただいて来た、ということだった。

その面白さ。タンクローという（シュールで奇抜な滑稽（ルーダクラス）さの、と後にのべる英文の解説に書かれている）主人公と、従卒の猿キー公に夢中になったのはいうまでもない。しかし私は、全身のタンクの穴から翼を出して飛ぶ、チョンマゲのタンクローの、タンクの黒、背景の夕焼空の赤の美しさに、小さな魂が燃え上がるようだった。それに感嘆して幾度も口にすると、今度新しく買うて来られた真っさらのページは、もっともっときれいですが！と母はいった。それを聞いた私がさらに熱をあげたので、ある日決してサワッテはならないその本の、当のページを見せてもらいに病院へ連れて行ってくれたのである。濡れているようなページの色彩！

あれから七十年ほどもたち、今年のある一日、大震災から不眠になって夜遅くまでずっと本を読んでいるが、われを忘れてということの無くなっていた私に、新聞社を介して、"TANK TANKURO: PREWAR WORKS 1934-1935" PRESSPOP INC. という本が届いた。吹き出しの台詞こそ英語になっているけれど、その印刷面の新品らしい明快さは、本物だった。

Shunsuke Nakazawa 氏の解説、「手塚治虫以前の日本漫画の忘れられた歴史と、タンクタンクローの一匹狼(メイヴェリック)の世界」には、阪本牙城(戦後は雅城)成立の独自の背景が語られていた。阪本と並ぶ存在として評価されるノラクロの田河水泡が、左派の芸術家集団マヴォのメンバーであったことはよく知られているが、阪本の漫画本の出版社には、プロレタリア詩人小熊秀雄が仕事をしていたという。(交遊はあったろうか?)漫画を書き始める前、阪本が日本画の技術を持った人であり、漫画家仲間からぬきんでていたこと、その生き生きして流麗な描線が(私を魅惑した色彩とそのタッチも)独自のものであったゆえんが説明されている。

田河、阪本ともに大成功したが、軍部の興隆は漫画文化をも圧迫して、発表の場を制限される。巻末に付された阪本の文章は、中国東北で偶然に出会った田河と、空を見上げてただ笑うのみ、という情景で終っていた。

短篇作家の骨格

竹西寛子さんから、新しい短篇小説集『五十鈴川の鴨』をいただいた。表題は八つだが、最終のものは三つの掌篇が重ねてあるので、全十篇としていい。まる十年をかけて書かれている。このように数をきめて始められたか、途中でその成り行きに気付いて残りを計算する楽しみをあじわわれたか、心の弾みはあったことだろう。丹精をこめながら、自然なウイットの、好ましい文章にそうしたことを思った。

読み終って、すぐ幾度も読み返し始め、じつにマレな短篇作家だと感嘆した。永く友達ではあるが色濃い付き合いではない人の手紙が、いつの間にかまとまって残っているのを、偶然のきっかけから取り出して読むことがある。そのような手紙に似ている。

『竹西寛子全歌集』という立派な本を古書店の高い棚に見つけた気がして、じつはわずかな文字の違いがあって、無益な昂揚を味わったことがあるけれど、『詞華断章』(岩波現代文庫)のような本の著者に、そうしたことはありえないものかとも思って来た。しかし、竹西さんは散文によってそれをなされてきたのであって、この美事な短篇小説集(幻戯書房)がある、と心から納得する。

これら十篇は、それぞれが穏やかに語り進められるから、読み手はそう思わないかも知れないが、竹西さんは一作ごと新しい工夫をこらして短篇作りに励む人だ。収められたなかでもっとも新しい、本全体の標題作について書く。

同業の、別々の会社で互いに仕事をして、なにかの機縁で友人となった一組の男たちの友情。岸部というその片方が亡くなった、と知らせに来た女性。「いつか機会があったら、あなた様に、六月十九日はよい日でした。ありがとうと伝えてほしいと言われました」と彼女は「託け」を届けもする。

竹西さんは広島での被爆を書いて初期の秀作とされたが、その主題のみの書き手ではなかった。しかし女性の託けは、岸部の広島での被爆に根ざした生涯の決意を正面から伝える。彼女を妻に迎えることはできないと、もっとも根本的な告白をした際の、岸部の言葉と重なるのである。

《原爆のせいかもしれないがそうではないかもしれないと、前例のない症状に対して多くの専門家は断定を避け続けている。不安の暗さが夢の明るさを食べてしまった。我儘かもしれないが僕だけの一生で終らせてほしい。もう二度とこの話はしたくない。あなたがいけないのではない。僕にすべての責任があるのでもない。こういう時代に生まれ合わせた者の運命だと思うことにしている。》

岸部は五十鈴川の流れに親子の鴨が浮かんでいる眺めを見て「いいなあ」といっていた。《一人の岸部が生きたということは、十人の岸部が、いや百人の岸部が生きているということでもある。》託けを受けとめた友人の思いをそう書き付ける作家の、社会に向けての、大きい骨格にうたれる。

衿子さんの不思議

詩人岸田衿子さんが亡くなられた。たまにお会いすると(または電話があると)、上等な夢のような話が続いた。しかもその現実から遊離しがちの話のなかにリアルな内容がはさまれると、そのうち実現することがあった。この人にお会いしなければ縁のなかったはずのことが、私と家族の生活にスッキリはまり込んだ。

その仕方で、北軽井沢の衿子さんの「山小屋」のある村に、山荘をお世話いただいた。初めての夏、それまで自分からは一語も発しなかった長男を肩車してダケカンバの林を歩いていると、クイナの声がした。家でいつも聴いている野鳥の声のレコードの、女性アナウンサーの話しぶりで光が、――クイナ、です、といった。すでに幾度も書いてきたことのある、特別な出来事だが、その自然な進み行きは衿子さんの頭にあってのことじゃなかったか、と思うことがある。

別の夏、衿子さんから私の大学での先生のことを聞かれ、ゆっくり説明していると、話をスッキリ断ち切られて、中二階の本棚から一冊の本を取って来られた。渡辺一夫著『狂気についてなど』、父・岸田國士に贈られたものだ、とそれをくださった。扉にà cher maître Kishidaとあって、私が訳してみるなら、こういう献辞が続けられていた。

《この悲しい著者が／希望無しというのではないと／なお信じることが／間違いでありませんように》。

九月十九日に開かれた「さようなら原発」という集会の呼び掛け人として働くうち、私はこの欄の〆切りが過ぎていることに気付いた。差し迫ると気ばかりあせる性格で、いつもの紙挟みを膝に座っても何も思いつかない。そのうち、私は集会で自分ら呼び掛け人が四分間ずつ話した際、その場で紙に書いておいたものを使おう、と思い立った。そこにもあえていえば衿子さんの不思議が働いているようで、私はもらった『狂気についてなど』を繰り返し読み頭にきざんでいる一節を引用していた。

《「狂気」なしでは偉大な事業はなしとげられない、と申す人々も居られます。それはうそであります。「狂気」によつてなされた事業は、必ず荒廃と犠牲を伴ひます。》

私はそれを、次のように読み更えることができる、と話したのだった。

《「原発」の電気エネルギーなしでは、偉大な事業はなしとげられないと申す人々も居られます。それはうそであります。原子力によるエネルギーは、必ず荒廃と犠牲を伴います。》

集会に参加された六万人のなかに『渡辺一夫著作集』の読者がいられたとしたなら、そしてこの文章をやはり記憶して生きて来られたなら、違和感を抱かれたのじゃないか？　私は自分が覚えているまま引用したが、この文章を著作集におさめるに際して、最初の本のテキストでと主張する編者の私に、先生はすでに書き改めて別の版におさめている、「それはうそであります」の代りの「私は、そうは思いません」の方を採用するように、といわれた。しかし私は、まだ戦中の苦い思いを残していられた、四十七歳の先生の書かれたテキストで読み上げた。

生活の隙間

大岡昇平さんが成城町に帰って来られると(成城高校での実り多い青春はすでに文学史の挿話)、車を持たず毎日自転車で買いものに出かける私は緊張した。

駅前通りの書店や喫茶店のあるあたりで声を掛けてもらう。先生は新刊書を見て、コーヒーを一杯というところだが、私は自転車のハンドルを支えて停まったままお話する。それに備えその朝の新聞を読む時、先生の顔を思い浮かべて、時事的な答えのアレコレを短かくまとめておいたものだ。あいまいなことをいうと、目が鋭くなる。

そうでなくても、私らは小林秀雄、中原中也、さらにはスタンダールにいたるまで大岡昇平経由で受けとめた世代である。
——大江は買物籠の食材で、光君の夕食を作る算段をしているので、五分しか話相手をしてくれない、とくだけたエッセイの枕にボヤイたりもされたけれど、こちらにはなにより緊張がある。

そうした日常生活でもお洒落な方で、朝日賞を受けられた際など、その業績紹介の役をあたえられて私も舞台に立つと知られると、式の当日、新聞社の迎えの車に便乗する私に新しいネクタイを手渡し、——おれの陣営のメンバーだからね、検閲する、といわれた。

だからといって、大岡さんがつねに悠揚迫らず、というわけではなかった。足に故障を起されていた時期だが、スーツから靴まで瀟洒（しょうしゃ）にキメられた大岡さんが、改築中で板張りの駅の階段を登っていられるのを見かけた。気にかかって追いかけて行き、たまたま躓（つまず）かれるのを抱き止めることができた。——野上先生のお呼ばれでね、ステッキもどうかと思ったものだから、と口惜しがられた。野上邸は駅の向こう側。

大岡さんからの葉書が二十枚も残っているが、町内とだけして私の名前を記したものので、先生が急ぎ参照される必要のある本や論文の載っている雑誌の名が走り書きしてあり、――大江文庫を信用して、とある。先生の書庫の十分の一にもみたないだけ、探索は容易で、もとよりあればの話だが大方はその日のうちに届けることができた。

お正月には埴谷雄高さんを主賓に、壮年の作家、批評家が集合する。ある年、まずは若手だった私が談論のサカナにされて、――大江君は、本を読むか仕事をするかの生活でね、その間に隙間がないんだよ、と大岡さんが批判された。小説には、隙間に生じるものがいる。――そうだ、高橋和巳は学者だったが、それでも遊ぶ時は遊んだ、と埴谷さん。

私には適当な目算もなく、とりあえず毎朝一時間、成城の高台から降りた「野川」の岸を歩くことにした。『武蔵野夫人』で、その地形学的な考察と中心人物たちの愛の誕生が結びつけられている場所。しかしこちらに何事かが起るはずはなく、障害のある光がずっと私の情緒的な支えだ。大岡さんは、常に待ちかまえていて電話を取って私と替る前の光と、短い会話を欠かされなかった。ある日、急な入院をする、と電話があり、その後で光が、——大岡先生の声が、一音低いんですよ！　と訴えた。翌日、先生は亡くなられた。

三章

様ざまな影響

先に書いた、ニューヨーク・タイムズ紙への私の寄稿とそれへの古い知り合いスーザン・J・ネイピア教授の投書がきっかけをなして、米タフツ大学での日本研究の学会に行って来た。スーザンは"chat"と分類されている英語での自由な対話で、私の障害のある息子のその後の暮しの進み行きについて、あれこれを引き出してくれた。

あるいはそれが理由としてあったかも知れないが、大学側の主だった人たちとの夕食会に、ソール・ベロー夫人のジャニスさんが来られて、大作家の最後の病床を自閉症の娘さんが離れず活発な踊りで楽しませた、という話をされた。――あれは、いま自分にできなくなったことをしてくれているのだ、さっき歌っていたのも、とベローはいった……

学会の主題は、「加齢(エイジング)の詩学――抵抗し、正対し、そして乗り超えるべき死」というもの。そこで私はまさに老齢も後期の自分のやっている仕事に、アメリカの文化論・文学論家エドワード・W・サイードの『晩年のスタイル』(大橋洋一訳、岩波書店)があたえている影響から話した。学会には国語学の専門家たちも多いので、私は出版されたばかりの大野晋編『古典基礎語辞典』(角川学芸出版)を数冊土産に持って来ていた。

しかし私には学問の話を深めることはできないから、集って来られた全米からの参加者の関心を集めている「フクシマ」にふれたかった。そこで、東京でずっとテレビ、ラジオの報道を追うなかで、いま使われている言葉はまさに大野晋さんが的確に定義されている日本語だと感じた話をした。高校の国語教師の女性がインタヴューにこう答えていられたのである。

死に別れた教え子たちは、もう取り返しがつかない、ひたすら「かなしい」。生き延びて苦しく働いている教え子たちは「あはれ」で、その努力に共感する。私はその直前、新聞に自分が辞典の感想を書いた内容との一致に驚いた。あの女性は大野先生のお弟子さんではなかったか？

私はかなり多くこうした催しに出て来たが、英語もフランス語も中途半端で、ある時、同席した野外調査で知られる日本人学者に、議論がきみだけ専門家のものでない、と強く批判されたこともある。そこで興味深く思った発言者の本は買い集めて帰り、遅ればせながら学習する。十八年前、西脇順三郎論を英語で出した日本文学研究者にもそのようにして知り合い、かれの本をヒントに、英詩、日本詩をそれぞれ翻訳し直して自分の小説のなかで共存させることを思いついた。それによって私の散文はスタイルを変えたと思う。今度、そのホセア・ヒラタに再会した！

帰国して庭先でトランクを開けていると、この間、テレビでフランス語の平、和と屁、は同じと笑わせた人がいる、と家内がいう。そうだ、と答えるうち、たまたま遠雷がして、私はつい、paix も pet も〔pɛ〕軽口すれば冬の雷、と続けてさらに怒らせた。

回復するからだ。ちょっとの間に、自分が外側から確認できた本を、誰かが買ってしまうかも知れない。

さて最初の客として入って行った私が、書店主にアントニ・クラヴェの本をと切り出すと、相手は警戒的なのである。なぜフランスでもイタリアでもなく、スペインでそれを探しているか？ ラブレーの特製本を東京から飛行便で取りに来るとは？ 返本は決して受け付けないが、支払いは現金か？ それから書店主は私に銀行カードの提出をもとめると、こちらが十年前メキシコのコレヒオで覚えた、片言スペイン語とはまったく別の速さで銀行に電話をした。そして、一週間後に現金を準備して来い、という。私に一週間はない！

茫然とトレド駅まで戻ると、往路一緒だった出版社の重役に会った。スペイン在住の作家を訪ねるという。脇に付いている運転役の日本人に、ひとりで入れる料理店はと尋ねたが、知らない！ という返事。外地で働く人間に同国人の観光客は迷惑だ。手洗いに行くと、かつて見たことのないほど打ちひしがれた自分が鏡に映った。

復権

光はもう三十歳を越えていたが、二、三分ほどでおさまるてんかん発作の前後、動作の不自然な感じが強くなって、かれの人生の最良の場所、コンサート・ホールで不都合が生じるようになった。そこで早目に到着し、客席がまばらな間に着席する。そうなると、かれほど落ち着いた聴衆もマレだ。

それがある日、高速道路の渋滞に巻き込まれて、東京オペラシティーの長く続く階段のエントランスに降り立つと、開演十分前。エレベーターも混雑しているはず。私は息子を背負うと、階段の端にそって駆け上って行った。救護の必要があってかと、通路を空けて下さる人もありなんとか間にあった。

さて、この出来事が家庭の話題になるたび、——パパをオンブして、私は走りました、と息子がいうことになった。そして気がついてみると、息子が片面は五線譜のノートに、文章は簡単だが、軟かい鉛筆で挿画も描く日誌を続けて来た。そこに私ら二人組が出てくると、つねに大きい人物は光、その脇の小さいのが私、ということになっている。犬を飼っている家で、家族のハイエラーキーは、犬の頭にある順位化によって決まっていると聞いたことがある。光も(犬になぞらえる気はないが)家族のひとりひとりにかれ独自の格づけをしていて、それがノートの人物間の大きさの関係に表現されているのではないか? そういうことを思ったりもしてきた。

「三・一一後」、私は書庫にこもることが多く、光も体調がすぐれぬふうで、二人で外出することはしばらくなくなっていた。そこで一日、私と光が駅前のスーパーで家内の買いものを代行してみることにした。といっても私らは牛乳とヨーグルトを幾つか小さなカゴに入れただけでレジに向かったのである。そこに山盛りのカートが二つ止まっていて、すぐに買い足し分を抱えて女性が戻って来るから、まずそちらを精算するという。それを待つうち、もうレジを通り抜けて、向こうの空間に立っている光の上体がゆっくり揺れている。短いものだが、てんかんが始まっているのである。それをいって、私のカゴのわずかな分を先に払わせてくれというと、当の女性とレジの娘さんが、歯牙にもかけない。そして光がゆっくりと、しかし板が倒れるように前傾する。私のダッシュは遅れたが、光の顔と床の間に、自分の伸ばした前腕を突き出すことはできた。

この日の夕暮、光が出来事を日誌に書いている。相変らず大きい光のうつ伏せの胸の下に、丸眼鏡と白髪頭の小男が、痛めた右腕頸をまもって横になっている。こちらは痛みにベソをかいているが、大男の方はどうやら無傷のようだ。

そして翌朝の食卓には母親の助言を入れてのことらしく、描き直された挿画があった。二人の身体はほぼ同じ大きさ。父親の腕頸には布が巻きつけてあり、そちらへ向けた息子の顔は少年時のかれを思い出させる清朗なものであった。

心ならずも

二月半ば、届いた郵便物のなかに、すでに寄贈されて読んだ記憶の確かな本があり(反原発のデモが渋滞に進めなくなった道の脇の書店に平積みされていた三冊を買って戻って、周りに配ったほど感銘していた)、先方の発送事務の重複かと、送り戻す包み直しをしているとカードがこぼれ落ちた。指摘された箇所を訂正しました、二刷の見本です、と書き付けてある。

加藤周一・凡人会の名が両者対等に並ぶ書名の、読書会の記録『ひとりでいいんです』(講談社)に、この本に自分が何を指摘しえたかと、アワテて読み直すうち見当はついたが、冒頭の「十五年戦争」の要約だけでも、よく準備された展開で、加藤さんの語り口の苦渋をひそめたユーモアの独特さは、たとえば私が傍点する次の二つの言葉の結び合せをとって見ても常凡な発想には出て来ないものじゃないだろうか？

《「満洲事変」以降、日本の戦争はしだいに泥沼化、英語でいえばエスカレーションしていって、引き返せなくなって四一年十二月八日、真珠湾奇襲となる。》

私が編集者に（真面目な若い人らしい）葉書を出したのは、加藤さんが戦中よく出入りされていた渡辺一夫さん宅の玄関に、先生製作のレリーフがあって、とラテン語の詩句の解読がしてあるところについて。Odero si potero ＝できれば憎みたい／si non ＝さもなければ／invitus ＝反対に／amabo ＝愛するだろう。

三句目の invitus を、先生はひとつのエッセイで心ならずも、と訳されている。自分の小さなラテン語・英語辞書では、against one's will, reluctant. とあるとも書いたのを受け入れてもらっているわけなのだ。

先生の木彫りのレリーフは、奥様が永く使われたものだという良質の板に補強の副え木をして、文字を三行にきざみ、上下に錆びた青銅の色で右の句、中央に明るい朱でLiber in vinculis＝鎖のなかの自由、とあるもの。じつはいま私の仕事部屋におあずかりしている。

もとより加藤さんが少しズレた読みとりをされて、というのではなく、黒板に書いて示しながら読書会の若い人たちにされた説明を、聞いてノートにとった人の表記の、「草稿に目を通されたが、ゲラはご覧になっていない」そうだから、第一刷ではそのままになっていたということなのだろう。加藤さんの説明は次のように続いている。

《では、渡辺先生はこの一節に何を託していたのでしょうか。つまり、何を憎み、愛そうとしていたのか。目的語は何か。日記（『敗戦日記』一九四五年六月一日）にも、レリーフにも、それは書かれていませんが、当時の先生を知っている私の解釈では、「日本」あるいは「日本人」だと思います。》

本書のタイトルは、加藤さんが広く深い経験に立って、外国に友人が本当にいれば、世界に向けて抽象的でない強いつながりが開ける、との確信を示している。

伊丹十三の声

先日、届けられた本に一日中、熱中した。読み終えて、法廷での自分の証言への主尋問、反対尋問に対して私が良く答え得たかを思い、深い息をついた。『記録・沖縄「集団自決」裁判』岩波書店編。

真夜中で、眠っているはずの家人に、まあまあのところだが、と内容を報告するのは明日のこととして、階下に水を飲みに降りて行った。ところが当の彼女が「フクシマ」以来の習慣で居間の明りは消して、テレビの前に座っている。画面から、忘れることのない、それも懐かしい声が聞こえて来て、私は黙ったまま家人の脇に座った。

映っているのは家庭用の機器によって、照明にも特別の工夫をしてというのではなく撮られている画像だが、それに重ねて録音された音声がリアルなのである。そしてそれが、誰の、いつ発した声であるかはすぐにわかった。――私の父、きみたちの父の父は、国が私らを踏みにじる時、どのように生きるか、それを最後のテーマにしたんだね、と話は続く。

十五年ほど前、その話し手伊丹十三は、父万作の生地松山で五十回忌を行なったが、私を(妻であるかれの妹と)呼んでくれた。その際、かれのした挨拶なのである。テレビ番組にはかれから影響を受けた若い監督たちや、エッセイスト、フランス現代思想の研究者、といった(私も名前は知っている)人たちの、心のこもった証言が重ねられていた。かれらは伊丹の生涯の終わりの方の交友関係をなした人たちだが、その誰より若い頃からの友人だった私を、伊丹はかれらと楽しむ場所に導きいれなかった。それでも思いがけない時に私の家へひとり現れて、かれの考え続けているこれからについて語り、自分の妹と私の長男とを相手に、その当時気にいっていたヴァイオリンの演奏家を話題にして、上機嫌で帰って行った。

私が、バスで三時間かかる森のへりから、松山の高校に転校していくと、伊丹は私を発見して、学校の授業時間よりほかは私を離さず、ありとあらゆることの教師をつとめてくれた。そのなかで教えられた本の著者の大学に進学する決心をした私は、受験勉強に専心して、かれと遊ぶヒマはなかった(それでも最初の年は失敗した)。そして、やっと試験に受かった私と、東京に出て来て新聞広告の下絵を描くことにしたかれとの付き合いが復活した! 私はかれの妹と結婚することになった。

松山での日々を思い出して、そこでの生徒を、伊丹万作のすべての孫たちに(光をふくめ、みなあの頃の私らと同じ年頃だった)、教育的なことを話す席に立ち会わせる、ということを思い付いたのではなかっただろうか?

映画監督としてかれがまさにかれ独特の作品を作るたび、私はそれを欠かさず見たし、エッセイストとしての仕事も愛読した。ところがかれは先の、テレビで豊かに話をされた友人たちとの付き合いに私を参加させることはなく、私のかち得ていた友人たちに私が引き合せようとするのを拒否した。それぞれ面白い出会いになったはずなのに。それがいまもフシギなのだ。

しっかりやりましょう！

三月なかばの五日間、日本が招待国の、パリの「サロン・デュ・リーヴル」に参加した。終った日、日本大使館でのレセプションで、大使の挨拶は、――盛会で成功だったが、近年のフランスでの日本図書の人気は、文学によってでなく、マンガによって盛り上っている、という正直なものだった。

その通りだけれど、一方フランス側が準備してくれた催しには、私ら小説家たちにも入念な心遣いが感じられた。到着してすぐの深夜にテレビ局に運ばれ、そのまま参加することになった話し合いのメムバーは、アンティル諸島の独自なフランス語を文学に高めたパトリック・シャモワゾーと、イラン系の人だがパリで教鞭をとる女流作家(この言い方をフランス語ではしないのが普通、ともあらためて教えられた)セシル・ラジャリで、やはりフランス語圏の周縁にあることで言葉の課題に敏感な人の、知的な困難を音楽で克服する子供の成長を書いた小説に私が関心を持ち(向うからも同じ関心をかえしてくれている)彼女とは、とくに色濃い話し合いができた。

確かにマンガの勢いには追いつけないけれど、ガリマール書店のブースで、青年時の自分が買ったと同じ、あの懐かしい紙質と造りの仮綴じの本を抱えて署名をもとめてくださる人たちの行列は、毎回時間切れまでとぎれなかった。しかも大きいドームのなかの日本パビリオンで行なわれる小講演や討論には、「フクシマ」の惨禍について(さらに反原発の運動の現状について)こまかく深い関心のある壮年から老齢にかけての女性たちが集まられた。彼女らは原発支持のテレビキャスターへの私の貧しいフランス語による反論に、心のこもった拍手をしてくれもした。

時間にアキがあると私は若い時から自分に刷り込まれている書店名と、やはり本の外見や手ざわりはずっと変らぬと感じられる本を買い集めた。そこに新しい出版社の本(Picquier poche)の『地震の列島(ラルシペル・デ・セイスム)――二〇一一・三・一一後の日本論集』があったのである。そこに私は、昨年(二〇一一年)九月、東京での七万人集会で自分のした話も訳載されているのを見出した。

私はこのところ自分がかつて経験したことのない大集会というようなものに出る時、自分を勇気づけるために渡辺一夫さんの文章を引用して原稿の柱にする。この場合も、《「狂気」によつてなされた事業は、必ず荒廃と犠牲を伴ひます。》を引いて、原発という大事業を表現した。それがしっかり訳されている。また私のしめくくりの、デモに向けての呼び掛け、「しっかりやりましょう!」が、あの日の東京では自分の耳にも弱よわしく響いたのに、ここでは"Agissons, résolument!"と力がある。

そこで私は先のレセプションで大使館サイドから求められた挨拶を(それも日本語とフランス語で、と注文された)あの集会での短い話から引いて、東京の雰囲気をつたえることにした。帰国してすぐ届いた手紙に、あなたの挨拶は原発大国フランスにある大使館でふさわしかったか、という声も聞こえるけれど、しかし終りのAgissons, résolument は悪くなかった、とあった。

バーニー・ロセット

まだ学部の学生の時に小説を(試作したり、同人雑誌を作ったりならいいが)文芸誌に発表し始め、それに熱中してフランス語の教室の学習を中途半端にしたのを、どれだけ悔やんできたか。研究者になろうとしている同級生たちは、あまり話題にしないけれど、「アテネ・フランセ」や「日仏学院」に通い、フランス人教師の授業を受け続けていた。

せめてもの、というより興味にそそられての私の「独学」はフランス語の新しい小説を丸善で見つけるたび、その英訳も探し出して、両者をあわせて読むことだった。

そのうち当の小説の邦訳が出て、私は英仏双方の自分の読解力を省みることにもなった。

『個人的な体験』がアメリカのグローヴ・プレスから出た時、同じシーズンに、そこからセリーヌの『夜の果てへの旅』とブルガーコフの『巨匠とマルガリータ』が出たことを、幾らかの知識によって誇らしく思った。前者は著者とナチス・ドイツの関係から、後者はソヴィエトでの著者の解禁の遅れから、そうした事態がもたらされていたのである。

翻訳権の契約の際、滞米していた三十歳の私は、ニューヨークのグローヴ・プレスに呼び寄せられて、すでに『チャタレー夫人の恋人』の英語版の出版で高名だった、社主バーニー・ロセットに会った。まだ若わかしく、知的にも感情的にも豊かだったバーニーは、私に読む人間としても興味を寄せてくれた。それは、この年に大冊の"The Olympia Reader"という、ヨーロッパで禁書あつかいされていた作品群の英語によるアンソロジーを出していたバーニーから、挨拶代わりにもらったその本を、持ち出しドルを制限されている旅行者として高価さに手の出なかった私が心から喜んだからだ。しかも幹部社員として同席していた二人の編集者のうちリチャード・シーヴァーを、サドの『ジュスチーヌ』(やはりグローヴ・プレス刊)の訳者として私は知っていた。そこで話は盛り上がり、私はとくにバーニーの、ヨーロッパ、アメリカでの出版者として早くから重視したサミュエル・ベケットへの深い傾倒に感銘した。

私の本はあまり売れなかったが、バーニーは次つぎ新訳を出版してくれ、しばしば会うことがあったし、やがて(もうその時グローヴ・プレスを手放していたが)ストックホルムでの受賞式には懐かしい顔を出して、めずらしい古書の、英訳スピノザの大冊をくれた……

この四月、かれの死を告げるアストリッド夫人の手紙には、バーニーが永く書き続け、出版史のドキュメントとして重要なものになるはずが、ついに完成をみなかった自伝に、私についての長い回想があること、そして最後の病床で「フクシマ」について憂えていたことが書かれていた。そして、その対比に私は価いしないけれど、バーニーにとって、作家として、また友人として、あなたはベケットと並ぶ人だった、とあった。

最初の出会いから親しくなったこともあり(私はその週末、イーストハンプトンの別荘に連れて行かれて、チェ・ゲバラの非公開の部分をふくむ……バーニーは映画制作の事業もした……生涯最後の記録フィルムを詳細に見せてもらい、月曜まで滞留するという、人見知りの強い私にはめずらしい体験もした)、谷崎、川端、三島が主流の翻訳出版の世界に私を押し出してくれたのはかれだった!

毎日毎日うつむいて

きみが今も持っている大切な本で、買った日付が一番古いものは何？　そう尋ねられたら、答えられる。もうすでに古いことだが、あまり人に話した経験はない。それをはっきり記憶している人があまりいないと知ってからは、こちらから尋ねることもしなくなった。

そうでいながら、――これは一夫が少年時代から持っていた、一番早くからの本のようです、と先生が亡くなられてすぐにいわれて、夫人にいただいた本があり、その場で開くと、初めの方のページに、旧制の中学生が書き付けた、と感じられる鉛筆の傍線と書き込みがこまごまとあり、ドキリとした私はそのまま閉じた。

永井荷風『珊瑚集』の初版で、私が目にした最初の詩は「死のよろこび」シヤアル・ボオドレヱル。じつは、古書店でそれを手に入れ熱中しました、とは先生の生前に聞いていた。

自分のそうした本のことを私が問われたとすれば(やはりこうした質問にはハバカラセルところがあるようで、友人たちに一度も受けた覚えがないけれど)、いま書いた通り明瞭に答えることができる。これは母親が古本を譲ってもらって来てくれた岩波文庫の『ハックルベリー・フィンの冒険』、そして新書シリーズの発売から一年のうちに松山の大きい書店で買った、『フランス ルネサンス断章』渡邊一夫(岩波新書)。

私はこの本の文章にまず引き入れられ、繰り返し読み続けるうち、友人に先生の教えていられる大学を教えられ、初めて受験勉強というものをして、苦労してフランス文学科に入った。卒業してから、同級生が五、六人、御自宅で話を聞かせていただく機会があって、大学院に進むことのできなかった私は、これが直接お会いできる最後だろうと考えて、それに署名をお願いした。きみはどんなところが気にいって、こんなにポケット摩れするまで持ち歩きましたか？という問いに、私はこの十六世紀のユマニストたちの評伝のうち「或る陶工の話」という章が好きなので、とそのベルナール・パリッシーについての一行を書いてもらった。

戦乱の時代に、ここへ閉じこもれば安心という都市設計を考えつこうとしたパリッシーが《私は殆ど希望を失ひ、毎日毎日うつむいてゐたが……》といっている自伝的な文章の一行を書いてもらったが、先生はいつものカラカイをふくんだ生真面目さの表情で、それよりこういう行もありませんでしたか、と反問された。《しかし、まだ何かの希望は残つてゐた。》

これを書いている日の四日前、私は脱原発を求める六百五十万に近い署名を官房長官に提出するグループに加わって、生まれて初めて（おそらく最後でもあるはずの）首相官邸を訪ねた。じつはその数日前に私は早起きして議員会館前で待っていた。ところが私の目じるしになるはずの丸眼鏡を外して、老眼をふくめ厄介な対処法で本に向かっていた私は、見落されて、第二陣に出直したのである。大飯原発の再稼働は決定され、私は毎日毎日うつむいているが、政府の対応がこれだけ反・市民的なのでは、次の大集会にも出かけるほかはない。

ラブレー翻訳は続く

宮下志朗さんのラブレー翻訳『ガルガンチュアとパンタグリュエル』全五巻(ちくま文庫)が完成した。その八十年前、三十代初めの渡辺一夫はフランスにラブレー研究の碩学(せきがく)を訪れて翻訳の意思を打ち明け、「パンタグリュエル的壮挙」とカラカイのこもった励ましを受けたことを記している。渡辺訳白水社版の第二之書は、できあったところを空襲に焼かれたが、計画は戦後再興されて完成し、訳者は死の前に徹底した改訳の岩波文庫版も達成された。

私はとくにその三巻目、四九章から巻末にいたる、王が大航海に出る船に積み込む

「パンタグリュエリヨン草」に託して、新時代への希望を明らかにする一節が好きで、この草がじつは麻のことだと知ると、障害のある長男に続いて生まれて責任を担わねばならない次男の名に、その文字を組み入れた。

渡辺訳は、ユーモアにみちているが、語り手の声調は堂々として暗くさえ響く。私が宮下訳でもっとも感銘するのは、当の数章はもとより、全体を明るくつらぬく軽快さで、若い読み手の笑い声がそれに和する光景を思い描く。続いて、時間をかけて渡辺訳を読む気持をさそわれるならば、そこに日本語による諧謔(かいぎゃく)の多層的な表現の見本を(やはり愉快に)学ぶことだろう。

少年時、チェコ語訳のラブレーに魅惑された作家ミラン・クンデラは、生涯にわたってその思いを語っている。《ラブレーの翻訳に成功する、それはある国語の成熟を示すなんと輝かしい証拠だったでしょう!》(たまたま宮下ラブレーと相接して原著も邦訳も出ることになった、『出会い』西永良成訳から)とも書いている。かれはまた、各国の秀れた作家たちが、手強い原書はまた別にそれぞれの国語でラブレーを読み、実りある影響を受けている、とも報告する。

さて、こうした折、北海道の大学教授の方から、白水社版の一冊を渡辺が先輩研究者に贈っている本の、扉に書き付けられている献辞を、わざわざカラーコピイした一枚が送られて来た。その本を自分がいま所蔵している、といわれる。「幕を引け、笑劇（ファルス）は終った」と訳されることのあるローマ皇帝アウグストゥスの臨終の言葉というもの。ボンヤリした記憶では、"Tirez le rideau, la farce est jouée" だったが、コピイの方は "Tirons le rideau," である。ともかくラブレーを好まれる人のやられる事、こちらも油断できない。

いま風の書きぶりなら、――大家も、動詞変化をまちがわれる（笑）、後に残る書きものには気をつけなさい、という訓戒だろうか？

私はカラーコピイの始末に当惑するうち、いや、先生はそうしたケアレス・ミスはされない、これは意図してのことだったはず、と思い直した。フランス人専門家のヤンワリした中止勧告に抵抗して、先生は思い立った仕事をやり続けられたが、生涯のなかほどでいまその成果を見ると、やはり笑劇(ファルス)だったかも知れません、その幕引きは私どもでいたします、と言い直す仕方で引用されたのだろう。そのような先生の苦闘の後、現在も後継者は続いている!

キツネの教え

ずいぶん前のことだった。『流域』という雑誌が京都の消し印で贈られて来て、なんとなく京都大学のフランス文学研究室の気風を感じ、そこの人たちの同人誌かと考えた。きわめて多様な主題の論文が発表されていた。小説を書くことで生活をしてゆく決意をして十数年、こちらもフランス文学科を卒業した人間だからということにしても大学院には進めなかった能力には不相応だと、とくに興味のある幾つかを拾い読みするだけだった。

そのうちこの『流域』に、これは大切にとっておきたいと感じる、それも普通の専門家の研究論文からは幾らか離れている趣向の、単純にいうなら、「面白い」書きぶりのエッセイが載ることがあり、先にいった次第で書庫に雑誌を置いておく研究者らしい棚もない始末だが、いつの間にか『流域』コーナーのようなものができた。いま私は、近刊の『流域』季刊雑誌第三十三巻第一号(青山社)をそこから取り出して来て書こうとしている。これだけの規模の雑誌を無償で、じつに永年送っていただいたものだ、とありがたい思いがする。

「『星の王子さま』のタイプ原稿」という三野博司氏のお書きになったもので、それが正確には三種残っている、と要領よく記されているが、そこが『流域』の特質のといいたい、短かいがすぐに忘れがたいものとなるはずの指摘がまとめられている。もとより研究者たちには広く知られていることであろうが、私にはこのところの特別の思いと重なって来る。

三種のタイプ原稿のひとつに、タイプしたものを抹消して、“On ne voit bien qu'avec le cœur. L'essentiel est invisible pour les yeux.” そしてこの句をもう一度繰り返して書き込んだサン＝テグジュペリの自筆稿が、あの二十一章の、王子さまと別れて行くキツネが教えるくだりの決定稿となった、という。そして消された文節からL'essentielにあたる言葉を探せばle plus important である。

私はやはりかなり前、丸善で偶然のように手に取った新しい思想家の本にl'essentielという言葉の重い意味づけを見出し、胸にきざんだ。そしてこの折の自分の年齢がいまおよそ確定できるのは、まだ自分にフランス文学科の大学院を受験する気持があり、フランス語の基本文献を書店に探しに行くことがあって、そこで知り合った女性の研究者から、『流域』をあなたに送るよう手配する、といわれたのであったようにも、いま思い出すからだ。

さて私はこの国の（いま首相が海外の国々へのその輸出に熱心である時、課題は複雑になりまさるが）原発を全廃しようという市民運動の一員となって、集会のひとつで、「次の世代がこの世界に生きうることを妨害しない、という本質的なもののモラル」こそいま大切だ、と話した。それは老齢の作家ミラン・クンデラが、la morale de l'essentiel という一句を文学表現の最終の到達点におくと、近年説き続けているのに共感しながらのことなのだ。

同級生

駒場の最初の授業の日、友人となったY君のことは先にも書いたが、先だって目にしたかれの短い文章に、地方出身の朴訥な若者として私の印象が回想してもらっていた。私の方は、端正な面立ちのかれの、英文科に進むが、フランス語の基礎を固めておきたいので、仏文科に行く学生のためのフランス語未修のクラスを選んだという話を聞いて、本郷で別々になってからも自分のイギリス・アメリカ現代詩の独学のためのテューターになってもらおうと考えた。やがて専門家になる秀才であることが目に見えていたから。

これも書いた通り私は仏文学者のエッセイに出会って、その教授の教室に行くと思い決めたが、そしてフランス語は初めての自分にほかの語学の授業を受ける余裕はないとわかっていたから、まず詩としてはもっとも引き付けられているオーデンを自分ひとりで読むためにかれを頼りにしたのである。

もうひとり強い印象を受けたのが、いかにも文弱の徒のクラスの仲間内で精悍な面魂のE君で、かれは野球部に入ると正位置のショートストップとなり(六大学のリーディングヒッターとなったこともある筈)、立教とのボロ負けした試合を応援に行ったが、私には長嶋茂雄選手より守備において風格が上と思われた。私は当時フランスのジャーナリズムで現われていたサルトル批判派の若手を相手チームの面々とすれば、Eはサルトルだ、と思えば自分のあまり根拠のない思い込みで周りに論評した。

それはE君がサルトルを研究対象としているのを知っていたからでもあり、自分が神田の古本屋で集め、補修してキレイにしていたサルトル研究書のうち、哲学者としてのフランシス・ジャンソンの面目があきらかだけれど発刊後もう時がたっていて見つけにくかった一冊を、もう一冊別の研究書とあわせて、自分が大学三年で小説を書くことにした際、かれに(寛大に)受けとってもらった。あの時すでに基本的な本はほとんど読んでいたはずのそしてこの国でのサルトルの最良の受容者でありながら最もねばり強い批判者として一貫したE君、海老坂武が、その特性を生かし、わかりやすい文章で(若い人たちに向けて)語っている『戦後文学は生きている』(講談社現代新書)をこの間送ってもらい、「話をしているとどこかひょうきんで滑稽なところのあることの同級生」が才能ある作家だった、と自分について書いてくれているところも嬉しく読んだ。

海老坂は、そこに私の作品としては『万延元年のフットボール』を取りあげている。発表されてすぐ読み「どちらかというと低い評価」をして再読もせぬままで来たが、いま改めて読んで評価を改めたという。私の小説すべてを読んでくれているらしい友人の批評は、幾重にも胸にしみる。「その後のほとんどの小説は明らかに『万延元年』の続き、あるいは書き直しをしながらの続きです。いや、正確に言えば書き直しではなく、メルロ＝ポンティの言葉を使って〈取り戻し〉(reprise)と言いましょう。」

私はいま、おそらく最終の作品を書いているが、まさに自己の過去の作品の〈取り戻し〉、過去の作品が要求するものへの〈応答〉をしているのだと思った。

希望正如地上的路

「三・一一後」、反原発の大きい集会で(一番多かったのは十数万の参加者、つまり私の本がこの十年、十五年に読まれた総数より多い)話をした。右の事実が示すとおり、私の書くものに親しんでくださっている読み手に対してというのではないから、私は後期高齢者の小説家が生涯に読んで来た本から、心にしみついている言葉、文章の一節をひとつずつ引用して、若い人たちに伝えようと考えた。もとよりいま現在の情況に響き合うものを。それは話している自分を励ましてくれるし、聞いていられる人たちにもムダではないと信じるから。

魯迅の言葉を、ということは始めから考えていた。昨年は魯迅生誕一三〇周年で、多くの記念出版があり、魯迅の言葉を「抜粋」して(中国語では「摘句」というらしい)、原文と翻訳とを並べている本が、日中同時出版として出た。『魯迅の言葉』(平凡社)、『魯迅箴言』(三聯書店)。魯迅はある種の抜粋について《読者は全体を見渡せずに、翻弄されて煙に巻かれることになる》と書いている(翻訳は同書から)。私はこの小さな本で出会った言葉を大きい本で的確に受けとめなおす読者が多いことを期待している。

たとえば「希望」という言葉。魯迅は「希望」について幾たびも語り、この人らしく表現は広さ・深さをふくんで様ざまに顔かたちを新しくするが、永い間それらの表現を読み続けて来て、いま一冊の小さい本をきっかけにその全容を思いかえすと、そこをつらぬく純一といいたい魯迅の確信にうたれる。

私が魯迅の言葉としての「希望」に初めてふれたのは(少なくともそれを理解した、と感じたのは)、私が生まれた時、母親がたまたま岩波文庫で出た魯迅の短篇集をひとり東京に進学した女友達に送ってもらい、ずっと誰にも見せず(戦中のことはわかるが、戦後もそのままだった、母親の個人的な事情はわからない）千代紙に包んでおいて、おなじく東京の大学に進んだ私にくれた時。感動したが、引っかかるところもあった。

《希望は、もともとあるものとも、ないものとも言えない。／それはまさに地上の路（みち）のようなものだ。／本来、地上に路はなく、歩く人が増えれば、そこが路になるのである。》

この本には次のハンガリー人の詩句の、魯迅による引用がふくまれていないので竹内好訳の本から引用するが、「絶望は虚妄だ、希望がそうであるように。」を口にする者はクラスに多く、私はむしろ暗く受けとめた。自治会の委員が来て、先の一節の三行目だけを声に出してデモへの参加をもとめるのに、私はついためらうノンポリでもあった。この二行目からの、魯迅の比喩的な展開のスピードについて行けず、一行目の断言にこだわっていたのだった。

それを思い出しながら、私は集会で右の魯迅の一句を読み上げた。さらに私は、反原発の世論が圧倒的であるのに（原発がある自治体、経済界、米国に配慮して、という）政府の無視が次つぎにあきらかとなるなかでのデモにいた。

四章

不確かな物語

さきに三月のパリでマルティニック島のフランス、クレオールの作家パトリック・シャモワゾーに会ったことを書いた。私はかれの作品を『テキサコ』だけしか読んでいなかったが、深夜のスタジオで録画したテレビ番組での、かれの話しぶり（文体ということもふくめての、その声（ヴォワ）に）あの小説を耳で聴き直すような感銘を受けた。

私は帰国する飛行機のなかで読み始めたもうひとつの長篇"Biblique des derniers gestes"を、春と夏、そして秋が終りに近付いても（めずらしく集会やデモに自分としてはよく参加したこともあるけれど）なお読み続けていた。ガリマール書店の、私の小説もおさめられている小さな活字のFolio版で八五〇ページもあり、途中で冬に東京に来る作家との公開対話を引き受けたが、当の約束の日の週の初め、やっと読み終えたのも、塚本昌則訳に助けられてのことだった(『カリブ海偽典——最期の身ぶりによる聖書的物語』紀伊國屋書店)。訳書を手に入れに行った大きい本屋で、このところ集中的に出ているのに気付いた幾冊ものクレオール関係の本も買いこむことになったが、それらがみな訳者のじつに周到な(クレオール文学への深い共感に立つ)解説をそなえているのは、近年の翻訳文学・思想書界で特筆すべきだと感じる。若い人たちの新しい海外文学紹介の、はっきりした方向性。

私らの対話がすでに活字になっているので、ただこの小説の語り方(あらためていうが声(ヴォワ))の独特さということだけをここに書く。カリブ海のクレオール神話と深い森に囲まれての、少年の成長、そして現代世界の様ざまな独立戦争の局面に参加した知識人としての半生を、近い死を意識して、身ぶりまじりの(そのせいでもある、としている)「不確(アンセルティチュード)かな物語」に作りあげた……実際にその語り方を豊かに生かしたこの大長篇を読みながら、私は作家としての自分の、見果てぬ夢を思ったのだ。

長男の光は、言葉よりも音楽をなにより大切にして暮し、わずかながら自作の音楽による表現もするようになった後、中年の静かな日々を音楽に囲まれて暮している。しかしそのかれが二十年ほど前は、もっと強く進んで自分を表現するようだった。それがもっとも積極的だったのは、コンサートホールに行き、帰りに隣接したレストランに寄る時で、かれはその夜聴いた音楽について、家内と私にまさに身ぶりによって話した。

たとえば「セレナード」ト長調K525がいかに面白かったかを、かれはまず両手の指でアルファベットと数字を作ってはっきり示す。かれの関心がモーツァルトに向かっていた頃。次いで素早く動く指は、K332を表わす。「ピアノソナタ」へ長調。その上で光は双方の冒頭の「ド・ミ・ソ」を低く押さえた声で、正確にそれぞれの高さで歌う。

あの時期の日常生活の細部に始まって、現在に到るかれの生涯を、身ぶりの描写を多用して書きたいという夢のまた夢。

私がとり続けた（そして家内も独自にそうしていた）ノートを横に置いて、私らの家庭生活を、そしてもとより光の個人史としての半生をあくまでも具体的に書く。かれの声と身ぶりによる表現が、いかに具体的に、かつ深く表現的であったか……

そしていま私は、その書き方のモデルとして、シャモワゾーの、おもに身ぶりによる語りを土台にした「不確かな物語（アンセルティチュード）」を知っているわけである。

しかしそれが夢のまた夢であるのは、それが音楽による半生の物語であるからなのだ。

もぐらが頭を出す

カラーコピイによる印刷をたくみに使い、紙面デザインは(その種の専門職がメムバーのうちにいられるらしく)お手のものの、小さなグループによる小冊子が送られて来る。たとえば私のファンクラブを名乗っての愛らしい方向付けのものなど、家族で楽しんでいる。この手法ならいかに多様な(集まりにおいての)個人誌が発行されうるだろう!

これはやはり小規模のグループで作られている様子ながら、まさに文学研究の集合として興味深く読んだ記憶のある、安部公房研究の『もぐら通信』第三号が届いた。

地味にひそやかに、しかし実力をそなえた仕方でこの通信を作っているもぐらたちは、安部公房の文学そのものの強い牽引力こそが、しっかり集合させている面々のようだ。私もいまのような職業につくことなしに生活していたとして知友に誘われれば、数年に一度は紙面に頭をだす、もぐらの一名だったかも知れない。

私が東京大学新聞の小説募集に応じて入選したことで縁ができた編集部のおそらく大学院生から、なにやら高圧的な(出たばかりの単行本を提供することで、稿料にかえる、ということ自体に不満はなかったけれども)申し出があり、私はそれに生まれて初めての書評を提出した。広告で見ていた『けものたちは故郷をめざす』を、一刻も早く読みたかったから。

それをたまたま読んだ文芸誌の編集者の仲立ちで、私は中学生のころから愛読していた本物の作家にお目にかかることができた。それからの永年のジャーナリズムとの関係において、私がその絶対的な論理性にきわだった印象を受けた文学者は、当の安部公房氏と加藤周一氏である。そしてただそれだけの理由から、安部さんとは何度か衝突した。安部さんにとって、いったん示した論理の筋道は、決して訂正されることのないものであったし、こちらにも(安部さんほど徹底しているものではなかったけれど)、同じような性格があったから。

そうである以上、絶縁状態はかなりの間続く。ある時、近くに住んでいられた安部夫人から、書きおろし小説をやっていた公房が、なにより基本的な調査にも長くかかるルポルタージュをやり始めるといっている、あの人はなにより小説家だといって、思い直させてほしい、といわれた。私は大岡昇平さんと関わることでふれたが、近くの野川という運河ぞいの道を自転車で走って、説得にいった。安部さんがそうした介入を愉快に思われるはずはなく、私は絶交を宣せられ、数年がたった。

『燃えつきた地図』の刊行前、私は安部さんのエッセイを読み、この前の論争での安部さんのまずルポルタージュによる実験が必要だった論理が理解できた。謝まる手紙を書くと、新作ゲラを送る、と連絡が来た。私にはありがたかった仲直りのきっかけをなした安部エッセイから、『もぐら通信』今号に頭木弘樹氏が、まさに私の記憶する部分を引用していられる。

《シュールリアリズムから記録的方法への移行ということは、それぞれの本質からいって、極めて自然な、そして必然的なことなのである。》

安部さんはその移行に加え、そこからの帰還にも、美事に成功していられた。

同じ町内の

昨年(二〇一二年)暮、郵便ボックスに同じ町内に住んでいられる小澤征爾さんから、たまたま家の前を通ってという感じでメモが入っていた。今朝の新首相の会見記事を見たか? きみとそのことで話したい。今日、自由になる時間はこれこれとあって、携帯電話の番号も記されていた。時を見はからって電話すると、通じはしたものの、いま地下鉄の駅に降りたところでという応答があり、音楽が聴こえ始めた。

私にはそれを持っていない携帯の方式がわからない。居間でCDを掛けていた長男に手渡すと、しばらく聞いていていて、——すばらしい演奏、『鱒』の第四楽章、と嬉しそうにいって、あらためて話し始めている声の主に代わってくれた。

——原発の見通しをいってるが、自分が海外で会って来た友人の誰一人、あれだけ楽観的な者はいない。この報道に市民からの抗議は送られて来ないのだろうか？　私らは暗然と話し続けた。

元日の朝、めずらしく早いうちにベルが鳴らされて、起き出して行くと、通りで行き合うと会釈しあう、という間柄の老婦人が(といっても私が年長だろう)立っていられた。新聞のインターネット配信で、ＧＨＱの日本国憲法の草案作りに参加されたベアテ・シロタ・ゴードンさんの死が伝えられた。献花を望まれるなら、「九条の会」に寄付してもらいたい、とその娘さんがいっていられた。同じ町内なのであなたに託します。

私はシロタさんがまだ二十代初めでいられながら、憲法草案の平和条項と女性の地位向上について積極的な働きをされたことに敬意と感謝を抱いて来た。家族と私の分もこの封筒に加えさせてください、といった。

——そのことですが、シロタさんは具体的にどういう英文の案を示す、または訂正案を出される、ということがあったのでしょう？　と尋ねられるのに、私は間接的にそれとつながりそうな思い出話をした。私が若い時からエッセイに希求する、という表現をするのに、成城に住まわれる野上彌生子先生の百歳を記念する大きい集まりに、五十年下の小説家がお祝いをのべる役割をあたえられた。その控え室で、どうしてあんな古くさい言い方を？　と質問された。それは私が新制中学の教室で、出来たばかりの憲法に感動したのがきっかけです、と答えた。憲法第九条の、「日本国民は、正義と秩序を基調とする国際平和を誠実に希求し、」というところ。

そこまでは良かったのに、私は野上さんにもシロタさんの話を加えた。この日本文の資料法令とされている英文では“Aspiring sincerely to an international peace based on justice and order.”です。私はその aspire という言葉の穏やかさと強さに女性らしいシロタさんの働きを感じる。そして希求するという日本語は、女性のあらたまった言い方として自然じゃないでしょうか？

それに対する野上さんの反応は、次のようでした。——aspire,「希求する」が女性的だというのは、単にあなたの語感に過ぎません。

鐘をお突き下されませ

半世紀以上も昔、駒場の教養課程から専門の学科に進む段階で、私がフランス文学科に行く気でいるのを知ったクラスメートが、困ったような笑顔を示したのを思い出す。

繰り返しになるが私は高校で感銘した岩波新書の一冊の著者が教授でいられるところへ、ということだけ頭にあり、駒場での点数が問題になるとは知らなかった。それでもなんとか入れたが都会的な秀才揃いで、森のへりから初めて乗る夜行列車で東京に出て来た私には取っ付き難かった。それがありがたいことにいつか二人の友人を得ていたのである。

ひとりは就職するとすぐ専門職の場に留学することになった塙嘉彦で、かれは文学のみならず、同時代の文化思潮を鋭敏に取り込む編集者として、この国のジャーナリズムを活性化させた。この用語自体、かれの使い始めたものじゃなかったろうか？早世しなければ、塙自身、見事な知識人として活動することになっただろう。

もうひとりは学部でもすでに成熟している温和な研究者タイプで、バルザックを専攻することを決めていた。かれが十日ほど大学附属病院に入り、回復して戻って来たのを下宿に見舞うと、病院で飼われている多数の犬が（実験用だ、と私は独りぎめした）夕暮いっせいに吠え始める、と話した。

私はそれを冒頭のシーンとして『奇妙な仕事』という短篇を書き、かれに見せた。友、石井晴一はイメージの専有権をいうかわりに、東京大学新聞が短い小説を募集していると教えてくれた。それが入選したのをキッカケに、私は小説を書く人間となった。この（二〇一三年）一月半ば、青山学院大名誉教授としてのかれの訃報が新聞に出た。かれはその通り専門家として一生を貫いたが、サバティカルで一年過ごすフランスで小学校の生徒たちと机を並べるというような、徹底した人だった。

かれの死後、晩年を石井が改訳にあてたバルザック『艶笑滑稽譚』(岩波文庫)を私は時間をかけて読んだ。簡略でありながら奥深い訳注の手付き、訳文の精錬と共存している軽快さ。それは石井が渡辺一夫のラブレー翻訳を一生かけて辿りつくした上での、しかもかれ固有の仕事ぶりを示しているものだ。

一端を引く。「ティルーズのおぼこ娘」(そこがラブレーゆかりの土地であるとも、石井の訳注はいう)。好き者の領主が年老いて得た新妻に「手練れの大家」として立ち向かうが、うまくゆかず、というところ。《其れを見て取り勇み立った相手のおぼこ娘は、暫くあって己が身に跨る乗り手に言った。「殿、わたしの見ますところ、既にきちんと納まられたご様子。斯くなる上はもう少し力を込めて鐘をお突き下されませ」》

渡辺先生に愉快な笑いを誘いそうな、文章の妙じゃないだろうか？

ボーヨー、ボーヨー

亡くなった教養学部以来のクラスメートを偲ぶ会で、社会的経歴をしのばせる堂々たる紳士から、きみとはあれ以後会っていないが、駒場の読書会で一緒になった、「不思議な思い込み」をゆずらぬ男として覚えている、と挨拶された。

法学部や理学部に進む者らもふくむ「小林秀雄を読む会」で、「中原中也の思ひ出」を主題にした日のこと、それは私も覚えていた。小林が、死ぬ直前の中原と会う。ビールを飲んで中原が、「ボーヨー、ボーヨー」という。何だ、と訊ねると、《「前途茫洋さ、あゝ、ボーヨー、ボーヨー」と彼は眼を据ゑ(すゑ)、悲し気な節を付けた。私は辛か

った。》

――この通り、印刷されたかたちで確証が示されているのに、きみは小林秀雄の記憶違いだと言い張る。それではボーヨーって何だ、と問い返されて、きみは「亡羊」だ、といった。

四国の大きい森のへりで、読む本もなく育った私の、一番重い本は、亡父の唯一の遺品の漢和辞典で、毎晩それを頼りに眠りにつこうとしたものだ。そこにあった「読書亡羊」という四字熟語が好きで、消しゴムにそれを彫り、わずかな蔵書に押したりもした。「亡羊の嘆」は広く使われるが、『列子』から。ところがこちらは『荘子』からで、羊番をしていた男が夢中に本を読んでいて、羊を見失う。

記憶力の優れているその紳士が詳しく話してくれたところによると、きみは小林秀雄に異論をとなえたんだ、中原中也は詩人で、もう先は短いと知っている病人で、「前途茫洋」などと気にかける余裕はない、「茫」かも知れないが、かれに「洋」の観念はありえない。しかし「亡」くしてしまった「羊」なら、いかにも詩人らしいし、行く先へのモノホシゲなところはいささかもない。そう大見得を切って笑われた。自分は、これは文科に進むほかない男らしい、と印象を受けた。そこできみの名前を新聞の小説本の広告で見るたび思い出した……

帰宅して思い出してみると、確かにそうしたことを言い立ててヒンシュクされた気がする。あの当時の自分の四字熟語の知識は正確だったろうか？ それを頭にひっかけて、しかし家を出ることが多い週で、大きい漢和辞典を高い棚から取りおろすのも後おくりにしている間に、講談社学術文庫になった竹田晃『四字熟語・成句辞典』を送ってもらい、「読書亡羊」を見つけた。

しかも、この辞典のかぎりでは「前途茫洋」はない。それでいて自分が、いつの間にかこちらの言い回しも使っていたような気もする。

このところ家内が見ては若い人たちの博識に感心しているテレビ番組に、似たような趣向の（ゲストの物識りたちも幾つもの番組に重なっている）ものがある。そこで気になるのはゲストが紙に書いて正答となる漢字の、書き順がしばしば頭をかしげさせることだ。私の体験では戦後の初等・中等教育の転換期に、「習字」の教課が必須でなくなり、そこで書き順の知識がアイマイ化したように思う。

偶然のリアリティー

こういう偶然について、その起った年月をはっきり覚えていることをいうと信用されないが、三十年前の七月、電車で隣りに座った人の拡げている新聞に、胸に突き刺さるような絵の写真が載っているのを見た。私がいま傍点を打った語句に注意をはらっていただければ幸い。

こういう時、知らない相手に気軽く新聞の名を訊ける性格ではないので、ただ大きい写真版の絵を脇から見ているだけだったが、その人は立ち上がると網棚に新聞を棄てて降りて行った。これもオオゲサに聞こえるに違いないけれど、私は生涯のもっとも大切な画家と正確にめぐりあうことができた！　フランシス・ベーコン。

私はその日、相手があってというのではない用事の出先を変更して、記事にある東京国立近代美術館の大きい展覧会を見に行った。その十年後に亡くなった画家の、あの展観以後さらに個性を深めた旺盛な仕事を、最初の展覧会から記憶にきざまれている作品群に重ねて、いま同じ美術館で見ることができる。

絵画の解説は不得意なので（ただ感嘆しているのみ）、売店に揃えてある本はあらかた買ったなか、とくに優れているインタヴュー集と対話記録のうちの一冊、デイヴィッド・シルヴェスター（小林等訳、筑摩書房）のものから引用する。この画家はめずらしいことのように思われるが、自作について注意深く、考え続けての言葉を語る人で、その特性に注目しての各種のインタヴューが残っている。

《絵画にはもう自然主義的なリアリズムなどありえないのですから、新たなリアリズムを創造して、神経組織に直接伝わるようなリアリティーを表現するべきなのです。でも、偶然に浮かんだイメージのほうがたいてい、あるいは必ずといっていいぐらい

リアルなのはなぜか、わかる人がいるでしょうか。》

この言い方そのものがかれ独自の考察を示しているけれど、とくに「神経組織」the nervous system という用語は、おそらくベーコン独特の使い方で、私らが現実から（またそれを正確に、かつ強く表現した絵画から）胸に突き刺さるように受けとる、その能力を総合的に表わしたもの、私はそこに想像力も加えたいと思っている。

《私が偶然と呼んでいる現象によって、特別リアルで純粋だと思える跡がカンヴァスにつくことはありますけれども、ほかの跡と比較してそれを選ぶことができるのは、批評的な意識だけです。（中略）非常に無意識的な作業をしながら同時に批評能力を働かせているのです。》

私は偶然と訳されている accident という言葉から、事故という意味も呼び起こされる。長男が頭部に畸形を持って生まれた時、毎日のように特児室前の廊下からガラス越しに見る子供の様子と、それに呼び起されての自分の思いとをカードに書きつけていた。

長男が二度の手術をへて退院して来た時、身辺の整理をするとそのカードがこれも「親密な手紙」のようにまとまって見つかり、なお、事態をよく理解したとも将来への覚悟ができたとも思えない時期のものだったが、しかしリアルには感じられる、それぞれ短い文章をもとに、『個人的な体験』を書いた。

実際的な批評

文学賞にはそれに選ばれること自体による評価に加えて、賞金がついている。私なども青年時に「純文学」の小説家として出発して以来、幾つかの賞をあたえられて、生活の節ぶしで援護されたものだ。

その経験がありながら、私は賞金なしの「大江賞」というものに関わっている。私らにできるのは(出版社と編集者の努力に支えられて)受賞作の翻訳出版を約束することのみだが、実績もあげてきたと思う。そのような、新作家への文学賞が七回目を迎えた。大江賞としたのは、四十冊に及ぶ第一次の候補作の選び集めに始まり、受賞者との公開対談まで、毎年ひとりでやっているのを示すためだ(主催・講談社)。

自分が若く出発した時、正直にいえば、先行する作家たちからの、文学的な質、将来性をふくめた実際的な批評はなかった。新しく、面白く、明日の日本語文学の実体をなす人たちを、世界へ具体的に押し出したい、というのが私らの賞のねがいである。

今年の収穫は、演出家としても評価の高い、本谷有希子さんの『嵐のピクニック』。おさめられた十三の短篇のうち、それぞれ独特な趣向でキラキラし、文章が良い(しかし驚かせる)ものから、短いのを要約する。

若い娘、私が働いている洋服屋の試着室に入った女性客が、いつまでも出て来ない。気になり始めてからでも、三時間以上、試着し続けている。私は思う。《彼女はものすごくシャイで、勇気を振り絞って雑誌か何かで見かけたこのセレクトショップに来てくれたのかもしれない。でもたとえば太っているとか背が低いというコンプレックスのせいでやっぱり自分の姿を私たちに見せる勇気は出なくて、試着室を出るタイミングを逃してしまったのかもしれない。》

取り替え引き替え、試着しても定まらず、閉店時間を過ぎたが出て来る様子はない。店と倉庫にあった、すべての服を(サイズはかまわない)試着し終えた後で、最初のものからもう一度着たい、と言い出す始末。疲れた私が仮眠して朝になっても、客は試着室にコモッテいる。近くの他店から何十着も購入して来て、試してもらう。《でも買って来たどの服も彼女は気に入らないと言うので、私はとうとう試着室ごと他の洋服屋に連れて行くことにした。うちの店の試着室は、オーナーが店内の模様替えを定期的にしたいと言うので、タイヤ付で移動ができるようになっていることを思い出したのだ。》

一応リアルな物語は、シュールに急転する。試着室を坂道に押し上げて行く途中、頂点に来たところで試着室は転がり始め、見る見る小さくなる。《カーテンの隙き間から突き出た手が、まるで車の窓からさよならするみたいにいつまでも大きく私に向かって振られていた。》

笑いながら読み終って、居心地が悪い。果てしなく試着を繰り返す客の姿は、他人事でない。作品の様式(スタイル)やら細部やらの手直しを始めたら止めることができず、〆切りは念頭になくなる老作家を、忍耐強く付き合ってくれる編集者の私から眺めるなら、この通りじゃないか？　まさに実際的な批評を受ける気がした。

グルダとグールド

海外の大学や研究所に、小説家として自由な滞在の機会をあたえられることがあった。終わり近くなると、学生諸君に聞いておいたレコード・CD店に行って、長男の光が毎日のように聴いている演奏家のものを探した。その国々で、東京ではめずらしい(たとえば北欧の国々の)独特な編集のCDが集めてあったりする。

もうかなりの歳月がたっているけれど、そしていまに続いてもいるが、その頃、光がとくに熱中していたピアニストは、フリードリッヒ・グルダだった。学期が終わり、共有していた研究室の自分のところを片付け、ラウンジで新聞を読んでいて、音楽欄のエドワード・W・サイードのエッセイに強く引きつけられた。もちろん『オリエンタリズム』は読んでいたし、その後数年たって親しくなり、その晩年の仕事に（同い年なので、こちらもまさに晩年）影響を受けることにもなったが、きっかけは、この時読んだグレン・グールド論だった。

コピイをとってもらう、という時期ではなく、カードに写していると、司書の方に話しかけられた。そして、私が読んでいたのは、確か「ロンドン・レヴュー・オブ・ブックス」だったが（専門的な学習の経験のない私は、始終カードをとるけれど、整理して保存する仕組みを持っていないので、いま確かめられない）、グールドについてのサイードの文章なら、と『ザ・ネーション』の旧号を出して来てくださった。

規則にかなった行為とはいえないけれども、その一晩だけ貸してもらい、それにあわせて音楽通のその女性に、グルダのめずらしいCDがあったら、ここで論じられているグールドの録音とあわせて、買って来てくださるようお願いした。私は息子に充実したお土産を渡すことができた。ところが光は、包みを開くと、

――ダではなくて、全部、ドでした！といった。

グルダはいまも最愛のピアニストに変わりないが、この時をきっかけに光はグレン・グールドを発見した。現にいまもこれを書く脇で、グールドのバッハをかけてくれている。私にはなんともいえないが、ピアノの音の美しさで、ダの人とドの人には同じところがある、と家内に話したそうである。

さて、私は今年（二〇一三年）『サイード音楽評論1・2』（二木麻里訳、みすず書房）で、記憶にある数篇と、長い論文で見事な文体が翻訳に生きている新しいものに出会うことができた。サイードが、このピアニストとの対話を二冊も出している、ダニエル・バレンボイムの演奏の「網」というところ、それはグレン・グールドにもあてはまるものではないだろうか？

《この特別な音楽家は芸術上のプロジェクトになかば生物的な駆動力を持ち込んでいて、多くの文脈、経験、声、衝動が対位法のような網のなかに集約されていくのが感じられる。網の最終的な目的は、その多様性や発語性、その音と生命の複合性のことごとくに、深く人間的でありながら超越的な存在の澄明さと直観を与えることである。(中略)それこそは表現と意味の究極の形式としての彫琢なのである。》

本質的な詩集

私は大学のフランス語未修のクラスに入ることができたが、動詞活用表と初歩の文法だけで最初の半年が過ぎ、後半でフロベールの短篇の講読があったけれども、文学とは別の授業という気がした。（渡辺一夫教授はまだ私らの目の前には現われなかった。）その不満のなかの私が、生協の書店で、『エリオット』（深瀬基寛、筑摩書房）に巡り合ったのである。

私はなにより深瀬訳の言葉と文体に揺さぶられた。この本には訳詩のページの下段に原詩が印刷されていた。私は深瀬訳の日本語とエリオットの英語との間で、自分の言葉の感覚が生きて働いていると思った。二十歳になると『オーデン詩集』深瀬基寛訳が(こちらは巻末に原詩がまとめられている)出た。

私は二十代前半で、短篇小説の作家として歩み出す、ということになった。それを導いてくれたのが何だったかは、初期の短篇の幾つもが、深瀬訳エリオット、オーデンの直接の引用をタイトルとしていることに露呈している。

若い小説家の散文が、かれの実生活の(そこには読書生活も大きい部分を占めている)反映によって成立しているのは当然だけれど、私は深瀬基寛訳とエリオット、オーデンの原詩の、かつてこの国の文学が担ったことのないような、極度の緊張関係と、美しい結実に、幾らかでも近付きたいという夢を抱いた。読む者としては(英語の発音が無様であることは百も承知で)、私はまず深瀬訳と原詩とを、この二冊にかぎるならば全節覚え込んだ。そして影響されたいと、心からねがった……

たとえば深瀬訳から私の短篇が借りている『われらの狂気を生き延びる道を教へよ』。to outgrow our madness を、その深瀬訳に重ねて夢想することに私の構想の全体が根ざしている。

エリオットについては、"Collected Poems 1909–1962" (Faber and Faber) への熱中が重なって、その読みとりを助けてくれたのは、深瀬基寛訳に加えて西脇順三郎訳だった。

七十歳になった私の書いた『さようなら、私の本よ!』という長篇も、エピグラフに『四つの四重奏曲』から取っている。それはエリオット理解の年齢なりの熟成を示していると思う。《もう老人の知恵などは/聞きたくない、むしろ老人の愚行が聞きたい/不安と狂気に対する老人の恐怖心が》

この小説のしめくくりは、やはり西脇順三郎訳からの、次の三行である。

老人は探検者になるべきだ
現世の場所は問題ではない
われわれは静かに静かに動き始めなければならない

この三行目の原詩 We must be still and still moving については、専門家の異論を見たこともあるけれど、いま老年もさらに深まっている私の、生き方の指標をなしている……

エリオットの全詩集は、永年読んで来ると(深瀬、西脇という希有の翻訳者の日本語が対等に向かい合って)私には人間の、個人と社会との関わりあいの本質をつく、根本的な(つまり essential な)教本に思える。年齢のある時期には原詩が、別の時期には日本語訳が、そしていまは、その双方を二頂点とする三角形の場に自分が立って、鼓舞されている。

先生のブリコラージュ（一）

私が身辺に置いている（いわば七十年を越えて集めた）こまごましたもののうち、中心にあるのは、工作用の石膏板を重ねて彫り上げたお城の模型で、一九七〇年と制作された年が刻んである。造り手は、SON BARNABÉ-K.W. で、アナトール・フランスの、大道芸人が聖母像の前で芸を寄進する情景を描いた短篇小説の、登場人物の名と自分の姓が似た音だから、ということらしい。

ワタナベ先生の著作集はこの年に刊行が始まり、翌年に完結したから、先生はその一年の間に当の労作を、集の編集者のフランス文学者二宮敬氏と私に準備してくださったことになる。こういう署名の仕方とか、すぐにも示す私への手紙の書きぶりとか、もとより冗談がらみだが、先生らしい生真面目な教えもはらんでいる。

お城のために入念にこしらえあげられて、きれいな色も付けてある楯型紋章は、赤い炎のなかの青いサラマンドルの絵で(フランソワ一世の紋所にあやかって、というのが豪気なところ)、この霊獣は炎のなかにありながら焼きつくされることはなく、かえって炎を食べて力を得る、と由緒正しい説明がある。《紋章用語として、このサラマンドルを包む火焔のことをPATIENCE(忍耐・思苦)と呼ぶならはしなり、深き含蓄(がんちく)ある語ならずや。》

それを囲み刻まれている引用句の説明が続く。《NUTRISCO et EXTINGUO もフランソワ一世の標語にして、サラマンドルの性(さが)と結びつく意なるは勿論なれど、往昔の王公の野望をも秘めたるなり、直訳すれば、「我れは養ひ(はぐくみ)、また我れは消す(滅ぼす)」なれど、大江太守の高き志操と深き思慮とによって、このましきものを鞠育(きくいく)し邪なるものを絶滅せしむるの義に帰するを得む。》

私への「無可有国(ユトピ)の太守」うんぬんに続いては、当然にカラカイを含んでいるが、ある時、お宅での小さな集りでお酒をいただいた勢いで質問すると、NUTRISCO は NUTRIO の行為を強める言い方で、それに鞠育という語をあてた、ということだった。

さらに先生は、(私には出典を見つけ出す力はなく、ただ文字面から空想するだけだが)

行き暮れて道のみ白し破れ草履

と一句をそえ、草狗曝骨、六十九歳と結んでいられる。こうなるとトメドナイ、というのが当時三十五歳の生徒の感想だったけれど、いま私はおそらく最後の小説を書き終えた一日、自分の老齢を思いながら、先生のブリコラージュがやはり先生の造られた箱におさめられている、その合成樹脂の覆いの多年の汚れ(壊れたのを自分で補修したテープの跡など)をきれいにする間、それを造られている先生の内面の思いを追いかけることになった。

先生のブリコラージュ(二)

私に作ってくださった楯型紋章に、PATIENCE(忍耐・思苦)を表わす図柄があるのには、すぐ理由を見つけることができた。私は長男光が生まれた際、頭部を手術する必要があったことを、『個人的な体験』の主題として、若い父親の様ざまな試行錯誤(しかし、結局はまともな対応に落ち着く)を書いた。

その結びに、こちらもモデルがあるが、東欧の小さな国から逃れるようにして東京に来ていた友人から、事情はよく知っているがともかくもお子さんの誕生祝いにともらったかれの国の辞書の扉に、「希望」という意味の言葉が書きつけてあったのへ、自分は「忍耐」という言葉を探してみるつもり……としている。

私は医師から説明された今後の見通しから、自分としてはなにより「忍耐」を覚悟しなければ、という気持だったわけだ。しかし今年で五十年になる私らの共生を支えたのは家内で、しかも彼女は「忍耐」の必要などと、一度も口にすることはなかった。先生は、私が多くの場合に過度に悲観的でかつノンキ坊主でもあるところを見抜かれて、私のひとり合点の小説の一節に、深き含蓄を見出すといわれたのであっただろう。

いま先生のブリコラージュの大きい幾点かを、御遺族からお預かりして、仕事部屋に、時々掛け換えては暮している。そのひとつはECCE HOMOと(自分はこういう人間、というほどのことなのだろう)上辺に記されたレリーフで、念入りに彩色されている。中央にまさしく先生の面影の人物像があって、様ざまなラテン語やフランス語の引用句がそれを囲んでいる。たとえば、よくある日本語訳で示せば、オウィディウスの《できうれば憎まん、然らずんば、心ならずも愛さん》。

それらを日々見あげているうち、気付いたことがある。私が先生の文章や、時には直接の談話をつうじて、これらの引用に接したことはしばしばある。しかしそれらが先生の公刊された文章で書き付けられた日付けの一番古いものは、『敗戦日記』においてであったはず。迫っている敗戦に至る日々、先生の内面においても実生活の細部においても、苦しい記述が続くなかで、それと結びついているこれらのひとつひとつの引用があった。しかし、ついに敗戦の日に至ると、先生は、その後の、困難はもとよりだが明るくもある見通しを短かく記して、しめくくっていられた。

ところが私が目にしているのは、正確な製作時こそないけれど、木彫りの熟達、彩色の深まりを見ても、戦後ある年月を経てからのブリコラージュなのである。つまり、先生のこの国の、またこの国びとの在り方、そのなかでの日々において、こうした器用仕事で時を過ごされながらの思いは、あの解放の日の前後をつうじて、じつは根本的には変らなかった、ということではないか?

渡辺一夫先生の没年を過ぎているいま、それを思いながら時を過ごす日がしばしばある。

付記

本書は、雑誌『図書』に二〇一〇年から二〇一三年に連載された「親密な手紙」をもとにしている。著者は刊行に際して、初出時の本文には手を入れて、新たに書き下ろしの章を四章のあとに入れることを構想されていた。書き下ろしの章は実現できなかったが、関係者のご了解のもとに、著者が大幅に加筆を施された本文原稿を収録するものである。

大江健三郎

1935年愛媛県生まれ．東京大学文学部仏文科卒業．58年『飼育』で芥川賞受賞．『万延元年のフットボール』(谷崎潤一郎賞)，『「雨の木(レイン・ツリー)」を聴く女たち』(読売文学賞)など受賞多数．1994年にノーベル文学賞受賞．2004年，井上ひさし氏，加藤周一氏らとともに「九条の会」の呼びかけ人になる．2023年逝去．
『ヒロシマ・ノート』『沖縄ノート』『新しい文学のために』『あいまいな日本の私』『日本の「私」からの手紙』(以上，岩波新書)，『大江健三郎自薦短篇』『M/Tと森のフシギの物語』『キルプの軍団』(以上，岩波文庫)，『新装版 大江健三郎同時代論集』(全10巻，岩波書店)ほか著書多数．

親密な手紙　岩波新書(新赤版)1993

2023年10月20日　第1刷発行

著　者　大江健三郎（おおえけんざぶろう）

発行者　坂本政謙

発行所　株式会社 岩波書店
〒101-8002 東京都千代田区一ツ橋2-5-5
案内 03-5210-4000　営業部 03-5210-4111
https://www.iwanami.co.jp/

新書編集部 03-5210-4054
https://www.iwanami.co.jp/sin/

印刷・精興社　カバー・半七印刷　製本・中永製本

© 大江ゆかり 2023
ISBN 978-4-00-431993-1　Printed in Japan

岩波新書新赤版一〇〇〇点に際して

ひとつの時代が終わったと言われて久しい。だが、その先にいかなる時代を展望するのか、私たちはその輪郭すら描きえていない。二〇世紀から持ち越した課題の多くは、未だ解決の緒を見つけることのできないままであり、二一世紀が新たに招きよせた問題も少なくない。グローバル資本主義の浸透、憎悪の連鎖、暴力の応酬——世界は混沌として深い不安の只中にある。

現代社会においては変化が常態となり、速さと新しさに絶対的な価値が与えられた。消費社会の深化と情報技術の革命は、種々の境界を無くし、人々の生活やコミュニケーションの様式を根底から変容させてきた。ライフスタイルは多様化し、一面では個人の生き方をそれぞれが選びとる時代が始まっている。同時に、新たな格差が生まれ、様々な次元での亀裂や分断が深まっている。社会や歴史に対する意識が揺らぎ、普遍的な理念に対する根本的な懐疑や、現実を変えることへの無力感がひそかに根を張りつつある。そして生きることに誰もが困難を覚える時代が到来している。

しかし、日常生活のそれぞれの場で、自由と民主主義を獲得し実践することを通じて、私たち自身がそうした閉塞を乗り超え、希望の時代の幕開けを告げてゆくことは不可能ではあるまい。そのために、いま求められていること——それは、個と個の間で開かれた対話を積み重ねながら、人間らしく生きることの条件について一人ひとりが粘り強く思考することではないか。その営みの糧となるものが、教養に外ならないと私たちは考える。歴史とは何か、よく生きるとはいかなることか、世界そして人間はどこへ向かうべきなのか——こうした根源的な問いとの格闘が、文化と知の厚みを作り出し、個人と社会を支える基盤としての教養となった。まさにそのような教養への道案内こそ、岩波新書が創刊以来、追求してきたことである。

岩波新書は、日中戦争下の一九三八年一一月に赤版として創刊された。創刊の辞は、道義の精神に則らない日本の行動を憂慮し、批判的精神と良心的行動の欠如を戒めつつ、現代人の現代的教養を刊行の目的とする、と謳っている。以後、青版、黄版、新赤版と装いを改めながら、合計二五〇〇点余りを世に問うてきた。そして、いままた新赤版が一〇〇〇点を迎えたのを機に、人間の理性と良心への信頼を再確認し、それに裏打ちされた文化を培っていく決意を込めて、新しい装丁のもとに再出発したいと思う。一冊一冊から吹き出す新風が一人でも多くの読者の許に届くこと、そして希望ある時代への想像力を豊かにかき立てることを切に願う。

（二〇〇六年四月）

岩波新書より

随筆

高橋源一郎の飛ぶ教室	高橋源一郎
江戸漢詩の情景	揖斐 高
読書会という幸福	向井和美
俳句と人間	長谷川櫂
知的文章術入門	黒木登志夫
人生の1冊の絵本	柳田邦男
レバノンから来た能楽師の妻	梅若マドレーヌ 竹内要江 訳
二度読んだ本を三度読む	柳 広司
原民喜 死と愛と孤独の肖像	梯 久美子
声優 声の職人	森川智之
生と死のことば 中国の名言を読む	川合康三
正岡子規 人生のことば	復本一郎
作家的覚書	高村 薫
落語と歩く	田中 敦
文庫解説ワンダーランド	斎藤美奈子
俳句世がたり	小沢信男
日本の一文30選	中村 明
ナグネ 中国朝鮮族の友と日本	最相葉月
子どもと本	松岡享子
医学探偵の歴史事件簿 ファイル2	小長谷正明
里の時間◆	芥川 仁 阿部直美
閉じる幸せ	残間里江子
女の一生	伊藤比呂美
仕事道楽 新版 スタジオジブリの現場	鈴木敏夫
医学探偵の歴史事件簿◆	小長谷正明
もっと面白い本	成毛 眞
99歳一日一言◆	むのたけじ
土と生きる 循環農場から◆	小泉英政
なつかしい時間	長田 弘
ラジオのこちら側で◆	ピーター・バラカン
面白い本	成毛 眞
百年の手紙	梯 久美子
本へのとびら	宮崎 駿
ぼんやりの時間◆	辰濃和男
思い出袋◆	鶴見俊輔
活字たんけん隊	椎名 誠
道楽三昧	小沢昭一 神崎宣武 聞き手
文章のみがき方	辰濃和男
悪あがきのすすめ	辛 淑玉
水の道具誌	山口昌伴
スローライフ	筑紫哲也
森の紳士録◆	池内 紀
沖縄生活誌◆	高良 勉
シナリオ人生◆	新藤兼人
怒りの方法◆	辛 淑玉
伝言	永 六輔
四国遍路◆	辰濃和男
嫁と姑	永 六輔
親と子	永 六輔
夫と妻	永 六輔
愛すべき名歌たち	阿久 悠
活字博物誌	椎名 誠

岩波新書より

- 商（あきんど）人 — 永　六　輔
- 芸　人 — 永　六　輔
- 書き下ろし歌謡曲 — 阿　久　悠
- 職　人 — 永　六　輔
- 二度目の大往生◆ — 永　六　輔
- 日　記 — 五木寛之
- あいまいな日本の私 — 大江健三郎
- 大往生 — 永　六　輔
- 文章の書き方 — 辰濃和男
- 命こそ宝　沖縄反戦の心 — 阿波根昌鴻
- 活字のサーカス — 椎　名　誠
- 新つけもの考 — 前田安彦
- プロ野球審判の眼 — 島　秀之助
- 昭和青春読書私史 — 安　田　武
- マンボウ雑学記 — 北　杜　夫
- 東西書肆街考 — 脇村義太郎
- 紅　萌　ゆ　る — 土屋祝郎
- アメリカ遊学記 — 都留重人
- ヒマラヤ登攀史〔第二版〕 — 深田久弥

- 続 羊の歌　わが回想 — 加藤周一
- 羊の歌　わが回想 — 加藤周一
- 知的生産の技術 — 梅棹忠夫
- 論文の書き方 — 清水幾太郎
- 本の中の世界 — 湯川秀樹
- 私の読書法 — 大内兵衛・茅誠司 他
- 一日一言　人類の知恵 — 桑原武夫編
- 続 私の信条 — 恒藤恭・大内兵衛・鈴木大拙
- 私の信条 — 安倍能成・志賀直哉・小泉信三
- 書物を焼くの記 — 鄭振鐸／安藤彦太郎・斎藤秋男 訳
- モゴール族探検記 — 梅棹忠夫
- インドで考えたこと — 堀田善衛
- ヒロシマ・ノート — 大江健三郎
- 追われゆく坑夫たち — 上野英信
- 地の底の笑い話 — 上野英信
- ものいわぬ農民 — 大牟羅良
- 抵抗の文学 — 加藤周一

- 北極飛行 — ヴォドピヤーノフ／米川正夫 訳
- 余の尊敬する人物 — 矢内原忠雄

岩波新書より

文学

川端康成　孤独を駆ける　十重田裕一
いちにち、古典　〈とき〉をめぐる日本文学誌　田中貴子
芭蕉のあそび　深沢眞二
森鷗外　学芸の散歩者　中島国彦
万葉集に出会う　大谷雅夫
大岡信　架橋する詩人　大井浩一
源氏物語を読む　高木和子
『失われた時を求めて』への招待　吉川一義
三島由紀夫　悲劇への欲動　佐藤秀明
有島武郎　荒木優太
ジョージ・オーウェル　川端康雄
大岡信『折々のうた』選　詩と歌謡　蜂飼耳編
大岡信『折々のうた』選　短歌㈠・㈡　水原紫苑編
大岡信『折々のうた』選　俳句㈠・㈡　長谷川櫂編

日曜俳句入門　吉竹純
短篇小説講義〔増補版〕　筒井康隆
日本の同時代小説　斎藤美奈子
武蔵野をよむ　赤坂憲雄
中原中也　沈黙の音楽　佐々木幹郎
戦争をよむ　70冊の小説案内　中川成美
夏目漱石と西田幾多郎　小林敏明
『レ・ミゼラブル』の世界　西永良成
北原白秋　言葉の魔術師　今野真二
漱石のこころ　赤木昭夫
夏目漱石　十川信介
村上春樹は、むずかしい◆　加藤典洋
「私」をつくる　近代小説の試み　安藤宏
現代秀歌　永田和宏
言葉と歩く日記　多和田葉子
近代秀歌　永田和宏
杜甫　川合康三
古典力　齋藤孝

和本のすすめ　中野三敏
老いの歌　小高賢
魯迅◆　藤井省三
ラテンアメリカ十大小説　木村榮一
正岡子規　言葉と生きる　坪内稔典
白楽天　川合康三
ぼくらの言葉塾　ねじめ正一
季語の誕生　宮坂静生
和歌とは何か　渡部泰明
小林多喜二　ノーマ・フィールド
いくさ物語の世界　日下力
漱石　母に愛されなかった子　三浦雅士
アラビアンナイト　西尾哲夫
小説の読み書き　佐藤正午
季語集◆　坪内稔典
学力を育てる　志水宏吉
森鷗外　文化の翻訳者　長島要一
英語でよむ万葉集◆　リービ英雄
源氏物語の世界　日向一雅

(2023.7)　◆は品切，電子書籍版あり．(P1)

岩波新書より

花のある暮らし	栗田勇
読書力	齋藤孝
一億三千万人のための小説教室	高橋源一郎
一葉の四季	森まゆみ
西遊記	中野美代子
中国文章家列伝	井波律子
太宰治	細谷博
ジェイムズ・ジョイスの謎を解く	柳瀬尚紀
三国志演義	井波律子
短歌をよむ	俵万智
新しい文学のために	大江健三郎
歌い来しかた わが短歌戦後史	近藤芳美
万葉群像	北山茂夫
新折々のうた 1〜9◆	大岡信
続折々のうた	大岡信
詩への架橋	大岡信
アメリカ感情旅行	安岡章太郎
読書論	小泉信三

黄表紙・洒落本の世界	水野稔
詩の中にめざめる日本	真壁仁編
日本の現代小説	中村光夫
日本の近代小説	中村光夫
平家物語◆	石母田正
源氏物語	秋山虔
古事記の世界◆	西郷信綱
日本文学の古典〔第二版〕◆	西郷信綱・永積安明・広末保
李白	A・ウェイリー 小川環樹・栗山稔訳
新唐詩選	吉川幸次郎・三好達治
中国文学講話	倉石武四郎
ギリシア神話◆	高津春繁
文学入門	桑原武夫
万葉秀歌 上・下	斎藤茂吉

(2023.7)　◆は品切，電子書籍版あり．(P2)

岩波新書より

哲学・思想

アリストテレスの哲学	中畑正志
スピノザ	國分功一郎
哲人たちの人生談義 ストア哲学をよむ	國方栄二
西田幾多郎の哲学	小坂国継
死者と霊性	末木文美士編
道教思想10講	神塚淑子
マックス・ヴェーバー	今野元
新実存主義	マルクス・ガブリエル 廣瀬覚訳
日本思想史	末木文美士
ミシェル・フーコー	慎改康之
ヴァルター・ベンヤミン	柿木伸之
モンテーニュ 人生を旅するための7章	宮下志朗
マキァヴェッリ	鹿子生浩輝
世界史の実験	柄谷行人
ルイ・アルチュセール	市田良彦
異端の時代	森本あんり
ジョン・ロック	加藤節
インド哲学10講	赤松明彦
マルクス 資本論の哲学	熊野純彦
日本文化をよむ 5つのキーワード◆	藤田正勝
中国近代の思想文化史	坂元ひろ子
憲法の無意識	柄谷行人
ホッブズ リヴァイアサンの哲学者	田中浩
プラトンとの哲学 対話篇をよむ◆	納富信留
〈運ぶヒト〉の人類学	川田順造
哲学の使い方	鷲田清一
ヘーゲルとその時代	権左武志
人類哲学序説	梅原猛
加藤周一	海老坂武
哲学のヒント◆	藤田正勝
空海と日本思想◆	篠原資明
論語入門	井波律子
トクヴィル 現代へのまなざし	富永茂樹
和辻哲郎	熊野純彦
宮本武蔵	魚住孝至
西田幾多郎	藤田正勝
丸山眞男	苅部直
西洋哲学史 近代から現代へ	熊野純彦
西洋哲学史 古代から中世へ	熊野純彦
世界共和国へ	柄谷行人
悪について	中島義道
神、この人間的なもの◆	なだいなだ
近代の労働観	今村仁司
プラトンの哲学	藤沢令夫
術語集 II	中村雄二郎
マックス・ヴェーバー入門	山之内靖
ハイデガーの思想	木田元
臨床の知とは何か	中村雄二郎
新哲学入門◆	廣松渉
「文明論之概略」を読む 上・中・下	丸山真男
術語集	中村雄二郎
死の思索	松浪信三郎

(2023.7) ◆は品切，電子書籍版あり． (J1)

岩波新書より

言語

優しいコミュニケーション	村田和代
うつりゆく日本語をよむ	今野真二
英語独習法	今井むつみ
『広辞苑』をよむ	今野真二
60歳からの外国語修行 メキシコに学ぶ	青山南
やさしい日本語	庵功雄
世界の名前◆	岩波書店辞典編集部 編
英語学習は早いほど良いのか	バトラー後藤裕子
ものの言いかた西東	小林隆 澤村美幸
日本語スケッチ帳	田中章夫
日本語の考古学	今野真二
辞書の仕事◆	増井元
実践 日本人の英語	マーク・ピーターセン
ことばの力学	白井恭弘
百年前の日本語◆	今野真二
女ことばと日本語	中村桃子
テレビの日本語	加藤昌男
日本語雑記帳◆	田中章夫
英語で話すヒント◆	小松達也
仏教漢語50話	興膳宏
語感トレーニング◆	中村明
日本語の古典	山口仲美
ことばと思考	今井むつみ
漢文と東アジア	金文京
外国語学習の科学	白井恭弘
日本語の源流を求めて	大野晋
英文の読み方	行方昭夫
ことば遊びの楽しみ	阿刀田高
日本語の歴史	山口仲美
日本の漢字	笹原宏之
ことばの由来◆	堀井令以知
コミュニケーション力	齋藤孝
漢字と中国人	大島正二
日本語の教室	大野晋
伝わる英語表現法	長部三郎
日本人はなぜ英語ができないか	鈴木孝夫
心にとどく英語	マーク・ピーターセン
日本語練習帳	大野晋
翻訳と日本の近代	丸山真男 加藤周一
日本語ウォッチング	井上史雄
教養としての言語学	鈴木孝夫
日本語の起源〔新版〕	大野晋
日本人の英語 続	マーク・ピーターセン
日本語と外国語	鈴木孝夫
日本人の英語	マーク・ピーターセン
日本語〔新版〕上・下	金田一春彦
ことばの道草	岩波書店辞典編集部 編
日本語の構造	中島文雄
ことばとイメージ	川本茂雄
外国語上達法	千野栄一
記号論への招待	池上嘉彦
翻訳語成立事情	柳父章
ことばと国家	田中克彦
日本語の文法を考える	大野晋

岩波新書より

芸術

カラー版 名画を見る眼II　高階秀爾
カラー版 名画を見る眼I　高階秀爾
占領期カラー写真を読む　佐藤洋一 衣川太一
水墨画入門　島尾新
酒井抱一 俳諧と絵画の織りなす抒情　井田太郎
平成の藝談 歌舞伎の真髄にふれる　犬丸治
K-POP 新感覚のメディア　金成玫
ベラスケス 宮廷のなかの革命者　大髙保二郎
ヴェネツィア 美の都の一千年　宮下規久朗
丹下健三 戦後日本の構想者　豊川斎赫
学校で教えてくれない音楽◆　大友良英
中国絵画入門　宇佐美文理
瞽女うた　ジェラルド・グローマー
東北を聴く　佐々木幹郎
黙示録　岡田温司

ボブ・ディラン ロックの精霊　湯浅学
仏像の顔　清水眞澄
柳宗悦　中見真理
ヘタウマ文化論　山藤章二
小さな建築　隈研吾
コルトレーン ジャズの殉教者　藤岡靖洋
雅楽を聴く　寺内直子
歌謡曲　高護
歌舞伎の愉しみ方　山川静夫
自然な建築　隈研吾
肖像写真　多木浩二
東京遺産　森まゆみ
絵のある人生　安野光雅
日本の色を染める　吉岡幸雄
プラハを歩く　田中充子
日本絵画のあそび　榊原悟
ぼくのマンガ人生　手塚治虫
日本の近代建築 上・下　藤森照信
ゲルニカ物語　荒井信一

千利休 無言の前衛　赤瀬川原平
やきもの文化史　三杉隆敏
歌右衛門の六十年　中村歌右衛門 山川静夫
フルトヴェングラー　脇圭平 芦津丈夫
明治大正の民衆娯楽　倉田喜弘
茶の文化史　村井康彦
日本の耳　小倉朗
日本の子どもの歌　園部三郎 山住正己
二十世紀の音楽　吉田秀和
水墨画　矢代幸雄
絵を描く子供たち　北川民次
ギリシアの美術　澤柳大五郎
音楽の基礎　芥川也寸志
日本刀　本間順治
日本美の再発見〔増補改訳版〕　ブルーノ・タウト 篠田英雄 訳
ミケルアンヂェロ　羽仁五郎

(2023.7)　◆は品切，電子書籍版あり．(R)

政治

さらば、男性政治　三浦まり
日米地位協定の現場を行く　山本章子／宮城裕也
職業としての官僚　嶋田博子
学問と政治 学術会議任命拒否問題とは何か　芦名定道／宇野重規／岡田正則／小沢隆一／加藤陽子／松宮孝明
検証 政治改革 なぜ劣化を招いたのか　川上高志
政治責任 民主主義とのつき合い方　鵜飼健史
人権と国家　筒井清輝
「オピニオン」の政治思想史　堤林剣／堤林恵
戦後政治史〔第四版〕　石川真澄／山口二郎
尊厳　マイケル・ローゼン／内尾太一／峯陽一 訳
デモクラシーの整理法　空井護
地方の論理　小磯修二
SDGs　南博／稲場雅紀
暴君　スティーブン・グリーンブラット／河合祥一郎 訳
ドキュメント 強権の経済政策　軽部謙介
リベラル・デモクラシーの現在　樋口陽一
民主主義は終わるのか　山口二郎
女性のいない民主主義　前田健太郎
平成の終焉　原武史
日米安保体制史　吉次公介
官僚たちのアベノミクス　軽部謙介
在日米軍 変貌する日米安保体制　梅林宏道
矢内原忠雄 戦争と知識人の使命　赤江達也
憲法改正とは何だろうか　高見勝利
共生保障〈支え合い〉の戦略　宮本太郎
シルバー・デモクラシー 戦後世代の覚悟と責任◆　寺島実郎
憲法と政治　青井未帆
18歳からの民主主義◆　岩波新書編集部編
検証 安倍イズム　柿崎明二
右傾化する日本政治　中野晃一
外交ドキュメント 歴史認識◆　服部龍二
日米〈核〉同盟 原爆、核の傘、フクシマ　太田昌克
集団的自衛権と安全保障　豊下楢彦／古関彰一
日本は戦争をするのか　半田滋
アジア力の世紀　進藤榮一
民族紛争　月村太郎
政治的思考　杉田敦
現代日本の政党デモクラシー　中北浩爾
サイバー時代の戦争◆　谷口長世
現代中国の政治◆　唐亮
政権交代とは何だったのか◆　山口二郎
日本の国会　大山礼子
戦後政治史〔第三版〕　石川真澄／山口二郎
〈私〉時代のデモクラシー　宇野重規
大臣〔増補版〕　菅直人

岩波新書より

社会

- 女性不況サバイバル　竹信三恵子
- パリの音楽サロン　青柳いづみこ
- 持続可能な発展の話　宮永健太郎
- 皮革とブランド　変化するファッション倫理　西村祐子
- 動物がくれる力　教育、福祉、そして人生　大塚敦子
- 政治と宗教　島薗進編
- 超デジタル世界　西垣通
- 現代カタストロフ論　金子勝・児玉龍彦
- 「移民国家」としての日本　宮島喬
- 迫りくる核リスク　〈核抑止〉を解体する　吉田文彦
- 記者がひもとく「少年」事件史　川名壮志
- 中国のデジタルイノベーション　小池政就
- これからの住まい　川崎直宏
- 検察審査会　デイビッド・T・ジョンソン・平山真理・福来寛
- ドキュメント〈アメリカ世〉の沖縄　宮城修
- 東京大空襲の戦後史　栗原俊雄
- 土地は誰のものか　五十嵐敬喜
- 民俗学入門　菊地暁
- 企業と経済を読み解く小説50　佐高信
- 視覚化する味覚　久野愛
- ロボットと人間　人とは何か　石黒浩
- ジョブ型雇用社会とは何か　濱口桂一郎
- 法医学者の使命　「人の死を生かす」ために　吉田謙一
- 異文化コミュニケーション学　鳥飼玖美子
- モダン語の世界へ　山室信一
- 時代を撃つノンフィクション100　佐高信
- 労働組合とは何か　木下武男
- プライバシーという権利　宮下紘
- 地域衰退　宮﨑雅人
- 江戸問答　田中優子・松岡正剛
- 広島平和記念資料館は問いかける　志賀賢治
- コロナ後の世界を生きる　村上陽一郎編
- リスクの正体　神里達博
- 紫外線の社会史　金凡性
- 「勤労青年」の教養文化史　福間良明
- 5G　次世代移動通信規格の可能性　森川博之
- 客室乗務員の誕生　山口誠
- 「孤独な育児」のない社会へ　榊原智子
- 放送の自由　川端和治
- 社会保障再考　〈地域〉で支える　菊池馨実
- 生きのびるマンション　山岡淳一郎
- 虐待死　なぜ起きるのか、どう防ぐか　川崎二三彦
- 平成時代◆　吉見俊哉
- バブル経済事件の深層　奥山俊宏・村山治
- 日本をどのような国にするか　丹羽宇一郎
- なぜ働き続けられない？　社会と自分の力学　鹿嶋敬
- 物流危機は終わらない　首藤若菜

(2023.7)　◆は品切，電子書籍版あり．(D1)

岩波新書/最新刊から

1982 **パリの音楽サロン** ―ベルエポックから狂乱の時代まで― 青柳いづみこ 著
サロンはジャンルを超えた若い芸術家たちが才能を響かせ合い、新しい芸術を作る舞台だった。パリの芸術家たちの交流を描く。

1983 **桓武天皇** ―決断する君主― 瀧浪貞子 著
二度の遷都と東北経営、そして弟・早良親王との確執を乗り越えた、類い稀なる決断力。「造作と軍事の天皇」の新たな実像を描く。

1984 **ハイチ革命の世界史** ―奴隷たちがきりひらいた近代― 浜忠雄 著
反レイシズム・反奴隷制・反植民地主義を掲げ近代の一大画期となったこの革命と、苦難にみちたその後を世界史的視座から叙述。

1985 **アマゾン五〇〇年** ―植民と開発をめぐる相剋― 丸山浩明 著
各時代の列強の欲望が交錯し、激しい覇権争いが繰り広げられてきたアマゾン。特異な大地のグローバルな移植民の歴史を俯瞰する。

1986 **トルコ** 建国一〇〇年の自画像 内藤正典 著
世俗主義の国家原則をイスラム信仰と整合させる困難な道を歩んできたトルコ。その波乱の過程を、トルコ研究の第一人者が綴く。

1987 **循環経済入門** ―廃棄物から考える新しい経済― 笹尾俊明 著
「サーキュラーエコノミー(循環経済)」とは何か。持続可能な生産・消費、廃棄物処理・資源循環のあり方を経済学から展望する。

1988 **文学は地球を想像する** ―エコクリティシズムの挑戦― 結城正美 著
環境問題を考える手がかりは文学にある。エコクリティシズムの手法で物語に分け入り、地球と向き合う想像力を掘り起こす。

1989 **シンデレラはどこへ行ったのか** ―少女小説と『ジェイン・エア』― 廣野由美子 著
強く生きる女性主人公の物語はどこから？英国の古典的名作『ジェイン・エア』から始まる脱シンデレラ物語の展開を読み解く。

(2023.10)